걸림없이 살게나
물처럼 바람처럼

고승열전 5 원효대사

걸림없이 살게나
물처럼 바람처럼

윤청광 지음

우리출판사

윤 청 광

전남 영암 출생으로 동국대학교에서 영문학을 전공했고, MBC-TV 개국기념작품 공모에 소설 〈末島〉가 당선되었으며, MBC에서 〈오발탄〉 〈신문고〉 〈세계 속의 한국인〉 등을 집필했다. 그 동안 대한출판문화협회 상무이사·부회장·저작권대책위원장·한국방송작가협회 이사·감사·방송위원회 심의위원을 역임했고, 〈불교신문〉 논설위원을 거쳐 현재 〈법보신문〉 논설위원, 법정스님이 제창한 〈맑고 향기롭게 살아가기 운동〉 본부장, 출판연구소 이사장을 맡아 활동하고 있다. BBS 불교방송을 통해 〈고승열전〉을 장기간 집필했고, ≪불교를 알면 평생이 즐겁다≫ ≪불경과 성경 왜 이렇게 같을까≫ ≪회색 고무신≫ 등의 저서가 있으며, 기업체·단체 연수회에 초빙되어 특강을 통해 '더불어 사는 세상'을 가꾸고 있다.

BBS 인기방송프로
고승열전 5 원효대사
걸림없이 살게나 물처럼 바람처럼

2002년 10월 23일 개정판 1쇄 인쇄
2005년 3월 15일 개정판 3쇄 발행

지은이/윤청광
펴낸이/김동금
펴낸곳/우리출판사
등록/1988년 1월 21일 제9-139호
주소/120-013 서울특별시 서대문구 충정로 3가 1-38
전화/(02)313-5047, 5056
팩스/(02)393-9696
E-mail/woribook@chollian.net

ISBN 89-7561-176-0   03810

책값은 뒷표지에 있습니다.

· 지은이와 협의하여 인지를 붙이지 않습니다.
· 잘못된 책은 본사나 구입하신 서점에서 바꾸어 드립니다.

이 세상 부귀영화
풀잎에 이슬이요,
물위에 거품이네.
나무아미타불—.

콩심으면 콩이 나고
팥심으면 팥이 나네.
나무아미타불—.

복을 지어 복을 받고
죄를 지어 벌을 받네.
나무아미타불—.

착한 일만 하려해도
인생 육십 잠깐이니
나무아미타불—.

짓세 짓세 복을 짓세
하세 하세 착한일 하세.
나무아미타불—.

무소유와 무애의 자유인, 원효성사(聖師)

요즘 우리 중생들은 살기가 힘들다고, 내 몫이 작다고 아우성입니다. 그러나 그 괴로움의 원인을 살펴보면 대부분 지나친 욕심으로 하나를 가지면 열을, 열을 가지면 백을 가지려고 하는 마음에서 비롯되는 경우가 많습니다. 지금으로부터 1300여년전 모든 욕심을 버리고 그야말로 걸림없이 사셨던 자유인 원효성사(聖師)의 삶과 사상은, 오늘날 온갖 문제가 난립하는 이 시대에 욕심과 노여움과 어리석음을 떨치지 못한채 번뇌의 불구덩이 속에서 살아가는 우리들에게 올바른 가르침을 줄 수 있다고 봅니다.

한국 불교사상 가장 걸출한 스님으로, 또 민족의 성사(聖師)로 부르기에 모자람이 없는 원효(元曉)성사는 자주정신(自主精神)과 다양한 주장을 조화롭게 화합하는 화쟁사상(和諍思想)을 토대로 당시 신라의 귀족불교, 왕실불교를 민초불교(民草佛敎)로 이끄는데 성공하여 대중교화에 앞장서셨습니다. 그리고 부처님의 말씀을 모든 중생이 쉽게 접할 수 있도록 저술에도 힘을 써 열반경종요, 법화경종요, 금강삼매경론, 대승기신론소 등 무려 240여권의 저서를 남기셨는데, 이는 그 양이나 내용으로 볼 때 세계적으로 관심을 끌만한 일이어서 국제원효학회가 발족되었고, 해마다 스님의 뛰어난 학문적 업적을 기리고 사상을 연구하는 작업이 계속되고 있습니다.

원효대사는 이렇게 학문이나 중생제도의 무애행에서도 어느 한 곳으로의 치우침이 없으셨으니, 오늘날 우리들이 성사를 으뜸으로 꼽는 이유도 거기 있다 할 것입니다. 이제 누구보다 치열했던 원효성사의 삶과 우뚝했던 사상이 알뜰하게 담긴 이 책이 나오게 되어 성사의 뛰어난 법문을 많은 사람들에게 전하게 되었으니, 대중교화에 힘을 쏟으셨던 성사의 뜻에 한발 다가서는 듯해 이땅에 원효종을 창종한 소승으로서는 가슴 뿌듯하기 한이 없습니다.

 부디 전국의 불자들께서는 원효성사의 넓고 깊은 가르침을 접하시어 어려운 이 시기를 잘 극복하실 수 있는 삶의 지혜를 얻으시기 바랍니다.

불기 2542년 봄,

대한불교 원효종

종정 이법홍(李法弘) 합장

차례

1
온 곳도 없고 갈 곳도 없네 / 11

2
새끼 너구리의 어미 / 29

3
차로 알고 마시는 곡차 / 40

4
목수를 제대로 만나야 하느니라 / 56

5
내려가 아침이나 얻어 먹게 / 64

6
의상과의 만남 / 80

7
극락과 지옥이 따로 있겠는가 / 93

8
부처님 정법을 나누어 쓰세나 / 107

9
모든 것은 마음의 장난 / 118

10
얻어먹고 사시게 / 137

11
백 개의 서까래와 한 개의 대들보 / 146

12
헐벗은 백성에게 주시오 / 165

13
자빠진 대나무 / 180

14
시자 심상이를 얻다 / 195

15
모든 것에 걸림없는 사람 / 204

16
나를 스님이라 부르지 말거라 / 214

17
한 생각 벗어버리면 극락이니 / 237

18
제대로 보아라 / 247

19
걸인패들과 함께 / 262

20
한 점 혈육 / 274

21
늙은 공양주 / 285

1
온 곳도 없고 갈 곳도 없네

때는 지금으로부터 1300여년 전인 신라 제29대 태종 무열왕 2년, 바야흐로 녹음방초가 우거질 무렵이었다.

이때 원효대사는 지금의 경주 분황사에 머물고 계셨는데, 하루는 대사를 모시는 시자승이 원효대사를 부르며 급히 뛰어오는 것이었다.

"스님, 스님, 손님이 오셨습니다요."

시자승이 급히 대사가 계신 곳으로 뛰어들어와보니, 원효대사는 손에 염주를 든 채로 조용히 앉아서 두 눈을 감고 계셨다.

"아니, 스님, 앉으신채로 주무시옵니까?"

"허허, 이런 녀석을 보았나? 대체 웬 소란이란 말인고?"

시자승이 답답하다는듯이 원효대사를 쳐다보며 다시 말했다.

"아이구 참 스님두, 아 손님이 오셨단 말씀입니다요."

"무슨……손님이 오셨더란 말이더냐?"

"예. 저, 요석궁에서 보낸 시녀이온데요……."

"요석궁에서 시녀가 왔다?"

"예, 그러하옵니다."

"아 인석아, 그러면 법당에 들어가서 불공이나 올리고 가라하면 될 것을 어찌 이리 소란이란 말이더냐?"

"아이구 그게 아니옵니다요, 스님."

"그게 아니라니?"

"저 시녀는 요석공주마마의 심부름을 왔다고 하온데요, 스님을 친견하고 전해올릴 물건이 있다고 하옵니다요."

"나는 만날 일이 없으니, 그냥 돌려보내도록 하여라."

"아이구 스님, 요석공주마마께서 스님께 시주물을 보내셨다고 하옵니다요."

"허허, 이런 고약한 녀석을 보았는가! 어서 돌려보내지 못하겠느냐?"

"아 예. 아, 알겠사옵니다요."

원효대사는 시자승을 엄히 꾸짖어 내보낸뒤, 가부좌를 틀고는 돌아앉으셨다.

그런데 잠시후, 시자승이 손에 웬 보퉁이를 들고 들어와서는 쭈뼛거리며 스님의 눈치만 살피는 것이었다.

"저……스님."

"그래, 돌려보냈느냐?"

"예. 하온데 이 옷을 스님께 전해 올려 달라고 놓아두고 갔습니다요."

그러나 원효대사는 돌아다보지도 아니하신채 눈을 지그시 감으시고는 숨만 길게 내쉬는 것이었다.

시자승이 원효대사의 등을 쳐다보며 다시 조심스럽게 말했다.

"저…… 요석공주마마께서 스님을 위해…… 손수 지어올리신 옷이라 하옵니다요, 스님."

"……그래……기왕에 시주로 들어온 옷이니 네가 입도록 하여라."

"예에? 아니, 스님…… 요석공주마마께서 스님 입으시라고 친히 지어올리신 옷인데 감히 어찌 소승더러 입으라 하십니까?"

"내 옷은 아직 멀쩡하거니와 심상이 네 옷이 낡고 헐었으니 네가 입도록 하란 말이다."

"공주마마께서 친히 지어 보내신 옷을 감히 제가 어찌……."

시자승이 자꾸 머뭇거리자, 원효대사는 귀찮다는듯이 버럭 소리를 질렀다.

"네 이녀석! 너는 여지껏 사미율의도 배우지 못했더란 말이냐?"

"예에? …… 사미율의야 이미 배워 마쳤습니다요, 스님."

"그러면 어찌해서. 감히 스승의 말을 거역하고 말끝마다 토를 달고 나서는고? 마지막으로 다시 한번 이르거니와, 시주로 들어온 옷은 네가 입을 것이다. 내 말 알아들었느냐?"

"……예. 하오나……스님……."

"그래도 이 녀석이 또 말대꾸를 하느냐?"

시자승은 무슨 말인가를 하려다가 원효대사가 야단을 치자 얼른 입을 다물었다.

"아, 알겠사옵니다요 스님."

"그래, 어서 나가서 새옷으로 갈아입고 내 걸망을 챙겨오도록 해라."

원효대사가 걸망을 챙겨오라고 하자, 시자승은 눈을 휘둥그렇게 뜨며 물었다.

"……어, 어디를 다녀오시게요?"

"내 이제 분황사를 떠날 때가 되었느니라."

"예에? 아니 이 분황사를 떠나시다니요, 스님?"

시자승이 꼬치꼬치 묻자, 원효대사는 다시 소리를 버럭 지르셨다.

"냉큼 걸망이나 챙겨오란 말이다!"

원효대사는 시자 하나만을 데리고 그날로 분황사를 떠나 경주

남산을 향해 발걸음을 옮겼다.

성큼성큼 발걸음을 옮기는 원효대사 뒤를 바삐 쫓아가며 시자승이 물었다.

"스님, 대체 어디로 가시는 길이시옵니까?"

"저 남산으로 들어가면 어디 의지할 곳이 있을 것이니라."

그때 그들 앞에 어떤 노인이 요령을 흔들어대며 걸어오는 것이 보였다. 자세히 보니 그 노인은 봉두난발에 덕지덕지 꿰맨 누더기를 걸치고 새끼줄로 허리를 묶고 있었다. 한 손에는 요령을 흔들며 또 한 손에는 바라를 들고 때묻은 걸망을 아무렇게나 짊어진 행색이, 영낙없는 늙은 걸인이었다.

그 걸인은 원효대사 일행 앞에서 걸음을 멈추더니 큰소리로 말했다.

"대안, 대안, 대안, 대안! 허허, 이거 어느 귀공자님들의 행차시던고? 허허, 그러고보니 사람은 간곳이 없고 옷 한벌이 서 있구먼 그래? 음, 허허허! 대안! 대안! 허허허……."

늙은 걸인의 말에 시자 심상이가 발끈 성을 내었다.

"이것 봐. 이 늙은 미치광이 거렁뱅이가 나를 두고 놀리는 모양인데, 이 큰 옷은 우리 스님이 날더러 입으라고 하셔서 입은거란 말이다!"

시자승이 반말로 퉁명스레 말하자, 원효대사는 재빨리 시자승의 팔을 잡으며 호통을 쳤다.

"너 이녀석, 감히 어찌 입을 함부로 놀리는고! 용서하십시오, 대사님. 소승 원효이옵니다."

남산 기슭에서 만난 미친 거렁뱅이 노인에게 원효대사가 대사님이라 부르며 합장배례하자, 시자승은 그만 어리둥절하여 원효대사와 거렁뱅이 노인을 번갈아 쳐다보았다.

"아니, 스님. 이 미친 늙은 거렁뱅이에게 어쩌자고 대사님이라 부르십니까요?"

"네 이놈, 그래도 입을 닥치지 못하겠느냐? 용서하십시오 대사님, 소승 원효이옵니다."

원효대사가 다시 고개를 숙이자, 걸인은 그제서야 원효대사의 얼굴을 자세히 쳐다보았다.

"어……그러고보니 옛날 얼굴이 조금은 남아 있구먼 그래? 대안! 대안! 대안! 대안!"

"참으로 죄송스럽게 되었습니다. 이 아이의 허물을 용서하여 주십시오, 대사님."

"대안, 대안! 이 아이는 조금도 잘못이 없으이! 늙었으니 늙었다 하고, 미쳤으니 미쳤다 하고, 거렁뱅이니 거렁뱅이라 했거늘 이 아이의 잘못이 무엇이란 말인가? 대안, 대안, 대안, 대안……"

"대사님께서는 참으로 여전하십니다, 그려."

"대안, 대안, 대안, 대안…… 그래, 새벽이 대낮에 어쩐 행차이신가?"

"부끄럽사옵니다, 대사님. 이 어리석은 중, 이름만 원효(元曉)라 새벽이란 뜻이지, 사실은 눈앞이 캄캄한 중생이옵니다."

"처음 원(元), 새벽 효(曉) 자를 써서 그 이름이 그대로 첫새벽이란 뜻이거늘 아직도 눈앞이 캄캄하다고 그러셨는가?"

"그렇사옵니다, 대사님."

"허허허허—. 대안, 대안, 대안, 대안— 너 이녀석!"

시자승은 깜짝 놀라서 그 거렁뱅이 노인을 쳐다보았다.

"아니? 저…… 소승 말씀이십니까요?"

"그래 인석아, 너두 잘 들었지? 법명이 원효라 이름만 새벽이지 아직두 눈앞이 캄캄하다는구나. 음, 허허허허…… 대안, 대안, 대안, 대안— 허허허……."

원효대사가 노인에게 물었다.

"대사님께서는 어디를 가시던 길이셨사옵니까?"

"온 곳도 없거늘 갈 곳이 어디 있겠는가! 안그런가, 응? 허허허—."

호탕하게 웃는 노인을 바라보던 원효대사는 발길을 옮기며 말했다.

"그러면 대사님, 소승은 그만 가던 길을 갈까 하옵니다."

그러자 노인은 말도 안된다는 듯이 두 손을 휘저으며 말했다.
"아 잠깐, 천하의 이 대안이 오다가다 길에서 원효를 만났거늘 어찌 이대로 보낼 수 있겠는가! 우리 집에 가서 잠시 쉬었다 가시게!"
원효대사의 대답도 듣지않고 노인은 요령을 흔들며 성큼성큼 앞서 걸어가는 것이었다.
"대안, 대안, 대안, 대안— 아, 어서 올 것이지 무엇하고 있으신가?"
어찌할 바를 몰라 잠시 망설이던 원효대사가 허겁지겁 뒤따르며 말했다.
"…… 아, 예. 대사님, 갑니다요."
제멋대로 기른 머리를 봉두난발하고 누덕누덕 기워입은 누더기에 새끼줄로 허리를 질끈 동여맨 채, 한손에는 요령을 또 한손에는 바라를 들고 말끝마다 대안, 대안하며 앞서가는 노인을 원효대사는 깍듯이 대사님이라 부르며 극진히 예우하는 것이었으니 원효대사를 스승으로 모시던 시자는 도무지 그 영문을 알 수가 없었다.
노인이 산속으로 들어가자 잠자코 따라가던 시자승이 노인에게 물었다.
"저……대……대사님 댁이 이 산속에 있으십니까?"

"그래, 그래. 바로 저기 저 바위 밑에 가면 내 집이 있느니라."
"그, 그러시면 그전부터 저 바위 밑에서 사셨습니까요?"
"아, 아니다. 바로 엊그제 이곳으로 이사를 왔다."
듣고있던 원효대사가 물었다.
"하오면 대사님께서는 이 남산에 오시기 전에는 어디 계셨습니까?"
"어디 있긴 어디 있었겠는가! 우리 어머니 뱃속에 있었지. 허허허허…… 인석아, 내말이 맞지? 응? 허허허허……"
"에이, 그래두 세상에 그런 말씀이 어디 있습니까요? 그러면 어머니 뱃속에 있기 전에는 어디 계셨습니까요?"
"허허허허, 요놈이 이거 아주 제법이네. 인석아, 우리 어머니 뱃속에 있기 전에는 내가 어디 있었는지 알고 싶으냐?"
"어디 한번 말씀해 보세요."
"그땐 인석아, 어디 있긴 어디 있었겠느냐, 우리 아버지 몸속에 있었지. 음……허허허허…… 대안, 대안, 대안, 대안—. 자, 다 왔다. 바로 여기가 내가 사는 집일세."
노인은 널찍한 바위 밑을 가리키는 것이었다.
"아니, 대사님께서 여기 거처하고 계신단 말씀이십니까?"
"이 바위 밑에 드러누우면 비 안맞아 좋지, 바람 잘 통해 좋지. 음? 허허허허……"

"아이구, 문짝도 이부자리도 없이 여기서 사신단 말입니까요?"
 "허허허허— 문짝이 없으니 문 열 일이 있나, 닫을 일이 있나? 이부자리가 없으니 깔 일이 있나, 갤 일이 있나? 음, 허허허허……."
 원효대사가 노인에게 물었다.
 "대사님, 여기 오시기 전에는 어느 굴에 계셨습니까?"
 "아, 그전에는 요 고개 넘어 제법 널찍한 토굴 속에 있었는데 말씀이야……."
 "하온데 어쩐 연유로 이 비좁은 굴로 옮겨 오셨는지요?"
 "내가 한 사나흘 집을 비우고 서울 구경을 나갔다 왔더니 그 사이에 너구리 식구가 들어와서 몸을 풀었더라구……음, 허허허허……."
 시자승이 어이가 없다는 듯이 말했다.
 "아니, 그러면 그 토굴을 너구리들한테 빼앗겼다는 말씀이십니까?"
 "예이끼 녀석! 빼앗기긴 왜 빼앗겨, 본래 산짐승 집이었던 걸 내가 잠시 신세를 지다가 돌려드린 것이지……. 음, 허허허허……안 그러신가, 원효스님?"
 원효대사는 그날밤 대안대사의 바위굴에서 칡뿌리를 씹어, 주린 배를 채우고 하룻밤을 함께 지내게 되었다.

"대사님께 한가지 여쭙고자 하옵니다."

"이것보시게, 원효스님. 나는 본래부터 대사도 아니고 소사도 아니니, 대사라는 소리는 하지두 마시게."

"하오나 대사님은 분명……"

"허허, 글쎄 나는 그저 대안, 대안, 대안, 대안일뿐이니 대안으로만 부르면 족할 것이야. 대안, 대안, 대안, 아시겠는가? 음, 허허허허……"

"하오면 한가지만 답해 주십시오."

"허허, 글쎄 나같은 땡초더러 대체 무엇을 답하라는 말이신가?"

"대사님께서는 절에 계실적에 그 어느 스님보다도 경학에 밝으셨던 분이셨습니다. 그런데 어쩐 까닭으로 절을 버리시고 이런 차림으로 천촌만락을 돌아다니십니까?"

"크게 편안하려고 대안이가 되었지, 달리 무슨 까닭이 있을 수 있겠는가?"

"하오나 대사님, 절을 버리셨다고 해서 크게 편안해지셨습니까?"

"이 세상에서 이 대안이처럼 근심 걱정 많은 사람도 없을 것이구, 또 이 세상에서 이 대안이처럼 크게 편안한 사람도 없을 것이야."

"소승 아직 어리석은 탓으로 대사님의 속뜻을 헤아리지 못하겠습니다."

"이 사람, 원효! 천하의 원효가 내 말뜻을 못알아들을 리가 있겠는가? 공연히 이 땡초의 군더더기 소리를 듣고 싶어서 그러시겠지."

"대사님의 가르침을 받고자 하오니, 한 말씀만 일러주십시오."

"부처님께서는 일찍이 왕궁을 버리셨네."

"그러셨지요."

"왕궁만 버리신 게 아니라 왕의 자리도, 권세도 부귀도 다 버리셨지. 헌 짚신 버리듯 다 버리셨단 말일세."

"예, 그러셨습니다."

"그런데 오늘날 우리 신라의 자칭 고승대덕들은 어찌하고 있던가?"

"자칭 고승대덕들이시라면?"

"국통이다, 대국통이다, 이것이다, 저것이다, 닭벼슬보다도 못한 벼슬들을 뒤집어쓰고 왕실 드나들기를 뒷간 드나들듯 하고 있으니 부처님 뜻과는 정반대로 가고 있단 말씀이야."

"하오면 왕실에 들락거리는 것이 옳지 않단 말씀이십니까?"

"권세를 잡으려들거나, 그 권세를 등에 업고 호의호식하려는 자는 부처님의 제자가 아닌게야."

"하오면 대사님께서는……"

"백성이 굶주리고, 백성이 헐벗고, 백성이 싸움터에서 피 흘리고

죽어가는데, 왕실과 귀족들 비위나 맞춰주고 있는 그런 절간이라면 그 안에서 감히 어찌 마음 편하게 지낼 수 있을 것인가!"

"그러시면 대사님께서는 다시는 절간으로 돌아가지 아니하실 작정이십니까?"

"이것 보시게."

"예."

"자네도 생각이 나와 같아서 절간을 버린 게 아닌가? 비단 이부자리에 진수성찬에, 절간만 크게 짓고, 부처님상만 크게 만들고, 탑을 크게 세우고……. 참으로 그것은 부처님의 가르침이 아니라고 생각해서 자네도 절간에서 나온 것이 아닌가? 그렇지? 응? 허허허허…… 대안, 대안, 대안이로다! 대안이야. 음, 허허허허……."

"하오면 대사님, 소승 과연 어찌해야 부처님의 정법대로 살 수가 있겠습니까?"

"목마르면 물 마시고, 배고프면 밥 먹지. 응? 허허허허……대안, 대안, 대안, 대안이로다. 허허허허……."

한때 신라 최고의 지위를 누린 원광법사와 사형사제하며 신라 불교를 이끌었던 왕년의 원공스님은, 당시 신라의 불교가 너무 왕실과 밀착하여 백성들을 외면한 데 환멸을 느끼고 하룻밤에 절간을 떠나 자취를 감추었으니, 이 원공스님이 바로 늙은 걸인 차림으로 천촌만락을 누비고 돌아다니는 대안대사였다.
 원효대사는 대안대사의 거침없는 법문을 듣고 느끼는 바가 참으로 많았다. 그런데, 그 다음날 새벽이었다. 원효대사가 눈을 떠보니, 대안대사가 보이지를 않는 것이었다.
 "얘, 얘야, 심상아―."
 시자 심상이가 얼른 뛰어왔다.
 "예, 스님. 부르셨사옵니까요?"
 "그래. 내 옆에 누워계시던 대안대사님은 어디 계시느냐?"
 "못……뵈었는데요."
 "아니, 그럼 대사님께서 어딜 가셨다는게냐?"
 "글쎄올습니다요. 소승도 눈을 떠보니 이미 아니계셨습니다."
 "필시 대사님께서는 우리들에게 아침을 먹이시려고 칡뿌리라도 캐고 계실 것이니라. 어서 가서 찾아뵙도록 하여라."
 대답을 하고 나가던 심상이가 다시 돌아와서는 원효대사에게 물었다.
 "……그런데 스님, 정말로 저 거렁뱅이 노인이 대사님이십니까요?"
 "너 이녀석, 어찌 그리 입을 함부로 놀리는고! 당신 스스로 대안, 대안하시는 저 스님으로 말씀을 드릴 것 같으면 우리 신라 땅에서는 두번 다시 만나뵙기 어려운 큰스님이시니, 앞으로는 행여

라도 예절에 어긋남이 있어서는 아니될 것이다! 내 말 알아들었느냐?"

원효대사가 다시 호통을 치시자, 심상이는 아직도 믿기지 않는다는 표정으로 고개를 끄덕거렸다.

"…… 예, 명심하겠구먼요."

원효대사는 시자승을 시켜 대안대사를 찾아보도록 하였으나, 대안대사는 아침 해가 중천에 뜨도록 돌아오지를 않았다.

"아이구 스님, 아무리 산속을 찾아보아도 그 노스님의 모습은 보이지 아니합니다요."

원효대사는 고개를 갸웃거렸다.

"거 참 이상스런 일이로구나. 대사님께서는 필시 멀리는 아니가셨을 터인데……."

"하지만 세간살이를 다 짊어지고 나가신 걸 보니, 칡뿌리를 캐러 가신 것은 아닌 것 같사옵니다요."

시자승의 말에 주위를 둘러보던 원효대사도 고개를 끄덕였다.

"오, 이것참, 그러고보니 대사님의 바라와 요령도 보이지 않는구나."

시자승 심상이가 얼굴을 찌푸리며 말했다.

"주인 떠난 이 바위굴에 더 있어봐야 배만 고프겠습니다요 스님. 이제 그만 마을로 내려가시지요."

"대체 대사님께서는 또 어디로 가셨단 말이신고……. 할 수 없구나. 우리도 그만 내려가자꾸나."

원효대사는 시자승을 데리고 산내리라는 마을로 내려가 요기를 하려고 탁발에 나섰지만 그날은 어찌된 일인지 식은밥 한덩이도 선뜻 내주는 집이 없었다. 반대편 쪽으로 탁발을 나갔던 시자승이 원효대사를 만나자 급히 뛰어오며 물었다.

"스님, 스님께서는 찬밥 한덩이라도 얻으셨습니까요?"

"얻지 못했다."

"저도 얻지 못했습니다요. 세상에 원, 인심 고약한 마을같으니라구. 요다음에 죽으면 구렁이가 될 사람들만 모여사는 마을인 모양입니다요."

"너 이녀석, 어찌 그리 함부로 구업(口業)을 짓는단 말이던고?"

"인심이 하두 야박하니 하는 말 아닙니까요? 세상에 그래……"

"너 이녀석! 명색이 머리를 깎고 먹물옷을 입은 녀석이 어찌 그리 제 잘못을 알아차리지 못하고 남을 원망한단 말이냐?"

"제 잘못을 알지 못한다니요?"

"동냥질도 부지런해야 한다고 이르신 게 헛된 말씀이 아니다. 저렇게 해가 중천에 올라버렸거늘 이토록 늦게 아침을 먹는 집이 어디 있겠느냐?"

"그래두 그렇지요 스님, 우리가 어디 더운밥을 달랬습니까요? 먹

다 남은 찬밥덩이 얻자고 그랬는데……."

"이 녀석아, 굶기를 밥먹듯 한다는 백성들인데 먹고 남은 식은 밥이 어디 있겠느냐? 그나마 식은밥 한덩이도 끼니 때에 찾아가야 나누어 주는 것이지."

"아이구, 배고파. 그만 분황사로 돌아가십시다요, 스님."

"나는 두번 다시 분황사로 돌아가지 아니할 것이다."

"아니 그러시면 대체 어디로 가신단 말씀이십니까?"

"편히 얻어먹고, 편히 잠자는 것은 출가수행자가 할 일이 아니다."

"아니, 하오시면 스님께서는?"

"대안대사님처럼 천촌만락을 돌아다니면서 그렇게 살고 싶구나."

"예에? 아니 그러시면 스님께서도 저 늙은……."

"거렁뱅이 신세가 되기 싫거든 너는 이길로 분황사로 돌아가거라."

"저 혼자 분황사로 돌아가라구요?"

"나도 이제는 구름처럼 바람처럼 떠돌고 싶구나."

"아이구 스님, 그 이상스런 대사님인가 소사님인가 그분을 만나고 나시더니 스님도 그분을 닮으셨습니까? 예?"

"그러니 너는 너 좋은 데로 돌아가란 말이다. 나는 혼자 떠날 것이니……."
 원효대사는 말을 마치지도 아니하고 성큼성큼 앞서 걸어가는 것이었다. 시자승은 원효대사의 뒤를 급히 쫓아가며 소리쳤다.
 "아이구 스님, 그렇다고 소승이 감히 어찌 스승을 떠날 수가 있겠습니까요? 같이 가십시다요, 스님, 스님!"

2
새끼 너구리의 어미

　원효대사는 분황사로 돌아가지 아니한채, 이 마을 저 마을로 돌아다니면서 탁발로 끼니를 이어가고 있었다.
　그러던 어느날이었다. 멀리서 요령 흔드는 소리가 나는 것이었다. 소리나는 쪽을 쳐다보던 시자승이 깜짝놀라 말했다.
　"아이구 스님, 저기, 저기 그 늙은 대사님인지 도사님인지 오십니다요."
　"으음? 아니 대사님께서 여긴 또 어쩐 일이신고?"
　대안대사는 요령을 흔들며 원효대사가 있는 쪽으로 다가오고 있었다.
　"대안, 대안, 대안, 대안."
　"이것 보십시오 대사님, 어디서 오시는 길이십니까?"
　"대안, 대안, 대안, 대안―. 새벽스님, 원효스님이 대낮에 또 어인 행차이신고?"

　대안대사는 손에 웬 그릇을 들고 있었다.

　"대체 그 그릇에 들고 계신것은 무엇이옵니까요, 대사님?"

　"아, 대안, 대안―. 저기 저 마을에 들어가서 젖동냥을 좀 해오는 길이지."

　가만히 듣고있던 시자승이 의아해서 물었다.

　"젖동냥은 왜요, 스님?"

　"왜긴 이녀석아, 어미없는 내 자식들을 먹여 살리려구 그러지."

　"예에? 아니 대사님의 자식들을 먹여 살리신다니요……?"

　"불쌍한 에미가 자식들만 놓아둔채 세상을 떴어!"

　"아니, 그러면……."

　시자승과 대안대사의 이야기를 듣고만 있던 원효대사가 놀라서 물었다.

　"대사님, 대체 어찌된 일이시옵니까?"

　"어찌되긴 이 사람아, 에미가 세상을 떴으니 어린 자식들이 굶어죽게 생겼지. 내 불쌍한 자식들을 먹여 살리려면 빨리 가봐야 하네. 자, 그럼 인연이 있으면 또 만나세."

　말을 마친 대안대사는 급히 가던 길로 걸음을 재촉하는 것이었다.

　"아, 이것 보십시오 대사님, 대사님…… 대사님……."

원효대사가 대안대사를 부르며 뒤따르자, 시자승은 기가 막혔다.

"스님, 이젠 그만 부르십시오. 마누라에 자식까지 둔 사람이 대사는 무슨 대삽니까?"

"아, 아니다. 대안대사께서는 절대로 그럴 분이 아니다. 정녕 저분이…… 그럴리가 없어."

왕실불교, 귀족불교, 권세불교를 못마땅히 여기고 통렬하게 꾸짖으며 걸인 차림으로 천촌만락을 누비고 돌아다니는 대안대사에게 숨겨놓은 부인이 있었고 자식까지 있다는 것은 참으로 청천벽력같은 일이었다.

원효대사는 걷잡을 수 없는 큰 충격을 받고 시자승을 마을로 들여보내 자세한 사정을 알아보게 하였다.

마을로 갔던 시자승이 돌아와서는 별 일이 다 있다는 듯이 큰소리로 말했다.

"스님, 소승 다녀왔습니다요. 내 참 기가 막혀서……."

"그래 마을 사람들은 대체 무엇이라 하더냐?"

"말씀 마십시오 스님, 어미없는 불쌍한 자식을 먹여야 한다면서 사흘전부터 동냥젖을 얻으러 다녔다고 합니다요."

"허면, 그말이 사실이더란 말이냐?"

"천하에 둘도 없는 도인으로 알았더니 숨겨놓은 마누라가 있을 줄 누가 알았겠느냐고 혀를 끌끌 차는 것이었습니다요."

"허허, 이거 아무래도 괴이한 일이로구나. 세상에, 대안대사는 그럴 분이 아니신데……."

"아니긴 뭐가 아닙니까요? 아이들 어미가 몸을 푼 지 사흘도 못 되어서 저 세상에 갔다고 그러더라는데요."

"나무아미타불 관세음보살…… 나무아미타불 관세음보살……."

"그 영감이 정말 미쳤지. 세상에 그래 아이 밴 마누라를 산속에 숨겨놓고 먹이다 굶기다 그랬을 것이니 산모가 어떻게 살겠습니까요?"

시자승이 이렇게 투덜거리는데도 아무런 말이 없던 원효대사가 시자승을 불렀다.

"이것 보아라."

"예에? 왜……그러시옵니까요?"

"우리가 여기서 이러고 있을 일이 아니다. 어서 산으로 가자."

"산으로 가자니요?"

"어서 가서 대안대사가 계신 곳을 찾아보잔 말이다."

"그 늙은 거렁뱅이는 찾아서 어쩌시게요?"

"부인은 세상을 뜨셨다고 하더라도 그 아이들은 살려야 할 일이 아니겠느냐?"

"아니, 그러시면 스님께서는……?"

"그런 일이 있을 적에는 필시 그만한 까닭이 있으셨을 것이다.

어서 나를 따라 오너라."

원효대사는 앞장을 서서 급히 걷기 시작했다. 시자승을 데리고 부랴부랴 산속으로 들어간 원효대사는 대안대사가 거처할만한 바위굴을 샅샅이 찾아 나섰다.

"에이참, 지난번 우리와 함께 잔 이 굴에도 흔적이 없는데요."

"그러게 말이다. 분명히 깊지 않은 이 근처 산속에 계실터인데……?"

"사람이 은신할만한 굴은 벌써 네 곳도 더 살펴봤습니다만 흔적도 없으니 원……"

원효대사가 갑자기 손바닥을 탁 치면서 시자승에게 말했다.

"그래, 지난번 너구리들한테 비워주고 온 굴이 어디 있다고 그러셨었지?"

"너구리 굴이요? 바로 저 등성이 너머라고 그런 것 같긴 합니다만……"

"그럼 어디 한번 가보도록 하자꾸나."

원효대사는 시자승과 함께 걸음을 재촉해서 산등성이 하나를 넘어 바위굴이 있을만한 곳을 더듬어 올라갔다.

그런데 산새소리가 시끄럽게 지저귀는 가운데, 저 위쪽 바위굴에서 조그맣게 무슨 소린가 들려오는 것이었다. 시자승이 가만히 귀를 기울이더니 원효대사에게 말했다.

"스님, 무슨 소리가 들리는 것 같습니다요."
"그래? 어디 한번 자세히 들어보아라."
원효대사도 유심히 귀를 기울였다. 그러자 윗쪽 바위굴에서 대안대사의 목소리가 조그맣게 들려왔다.
"그래, 그래. 불쌍한 내 새끼들아, 불쌍한 내 새끼들아! 어서 먹어라, 어서 먹어!"
시자승이 말했다.
"스님, 바로 저 굴속에서 그 노인의 목소리가 들려옵니다요."
"그래, 나도 들었다. 어서 올라가보자."
원효대사는 시자승과 함께 대안대사의 목소리가 들려오는 바위굴 앞으로 올라갔다.
바위굴 앞에 다다르자, 시자승이 원효대사의 얼굴을 쳐다보며 물었다.
"스님, 제가 한번 불러볼까요?"
"아니다. 내가 부를 것이니, 너는 가만 있거라. 대사님, 대사님."
그러나 굴안으로부터는 아무런 대답이 없었다. 원효대사가 큰 소리로 다시 불렀다.
"이것 보십시오, 대사님. 소승 원효이옵니다, 대사님."
그러자 잠시후, 대안대사가 굴속에서 천천히 걸어 나왔다.
"새벽스님, 원효스님이 대체 무슨 일로 이곳엘 오셨는가?"

원효대사는 다짜고짜 대안대사에게 말했다.

"대사님, 어서 아이들을 데리고 나오십시오."

원효대사의 말에 대안대사는 장난끼가 가득한 얼굴로 물었다.

"아이들을 데리고 나오면 어쩌시려구?"

"대사님, 아이들은 마을로 데리고 내려가야 살릴 수 있을 것이옵니다."

"모르시는 말씀, 우리 아이들은 마을로 데려가면 살아남지 못할 것이야."

"아니옵니다, 대사님. 기왕 일이 이렇게 된 바에야 감출 일만은 아닌줄로 아옵니다."

"내 불쌍한 새끼들을 살리자고 해주시니 고맙기 그지 없네만……"

"무슨 말씀이시옵니까, 대사님. 어서 데리고 나오십시오. 소승이 안고 내려가겠사옵니다."

대안대사가 조용히 원효대사를 불렀다.

"여보시게, 원효!"

"예, 대사님."

"이 대안이가 동냥젖을 얻어다 먹여 키우고 있는 새끼들을 참으로 살려주시겠는가?"

"대사님, 어떤 어려움이 있더라도 살릴 것이오니 소승에게 맡겨

주십시오."
 "그대의 뜻이 정녕 그러하신가?"
 "그렇습니다, 대사님."
 "허허허허……. 대안, 대안, 대안이로다."
원효대사가 재촉하였다.
 "어서 데리고 나오십시오, 대사님."
대안대사가 빙그레 웃으며 원효대사를 쳐다보며 말했다.
 "내가 동냥젖을 얻어다 먹여 키우고 있는 것은 사람의 자식이 아니라, 바로 너구리 새끼들일세!"
 "예에? 너구리 새끼들이라구요?"
천하의 도인 대안대사가 굴속에서 키우고 있는것은 자기의 자식들이 아니라 어미 잃은 너구리 새끼였던 것이다.
대안대사를 따라 굴속으로 들어간 원효대사는 눈이 휘둥그레졌다. 과연 굴속에는 너구리 새끼들이 서로 몸을 비벼대며 낑낑거리고 있는 것이 아닌가!
 "아니, 대사님. 대체 이 일이 어찌된 일이시옵니까?"
 "보시다시피 이 너구리 새끼들이 불쌍하게 되었어."
그때까지 대안대사의 말을 정신없이 듣고있던 시자승이 물었다.
 "아니, 스님. 이 너구리 어미는 그럼 어디로 갔단 말씀이십니까요?"

 "내 지난번 굴을 비워주고나서 아무래도 이 녀석들이 잘 사는가 궁금해서 견딜 수가 있어야지. 그래서 한번 굴을 들여다봤던 것인데……. 아, 글쎄 어미는 간곳이 없고 저렇게 새끼들만 배를 곯은 채 낑낑거리고 있질 않겠는가?"
 시자승이 궁금해서 못견디겠다는듯 대안대사의 말을 재촉했다.
 "그, 그래서요?"
 "이제 곧 어미가 오겠지 하고 저기 저 굴밖의 나무 위에 올라가 숨어서 기다려 보았는데, 밤이 새도록 어미가 돌아오질 아니하는 게야."
 "아니, 그러면 그 어미들은 새끼들을 내버리고 딴 데로 가버렸다는 말씀이십니까?"
 "그럴리가 있겠는가? 어미들이 먹을 것을 구하러 밖에 나갔다가 다른 큰 짐승들한테 잡혀 먹혔겠지. 산속에서는 문밖이 지옥이니 말일세."
 "저, 정말로 그랬을까요?"
 "그렇지 아니하구서야 사흘이나 저 어린 새끼들을 내버린채 돌아오지 아니할 부모가 세상에 어디 있겠는가?"
 "그래서 대사님께서 이 새끼들을 키우시기로 작정을 하셨습니다 그려?"
 "차마 모른척하고 떠날 수가 없었지."

시자승이 답답하다는 듯이 말참견을 했다.

"에이참, 아 그러시면 마을에 내려가서 너구리 새끼들을 먹일거라고 말씀하실 것이지 어미 없는 내 새끼들 먹일것이니 젖을 달라고 그러셨습니까요?"

"예끼 이녀석! 아, 올해같은 보리 흉년에 너구리 새끼 먹인다고 하면 어느 아낙네가 그 귀한 젖을 짜주겠느냐?"

원효대사는 감격하여 땅에 무릎을 꿇었다.

"대사님! 어리석은 중 원효, 무릎 꿇고 엎드려 절을 올리옵니다."

"허허, 이 사람, 어째 이러시는가? 나같은 땡초한테 이러는 게 아닐세."

"아니옵니다, 대사님. 이 어리석은 중생을 거두어 주십시오."

그러자 시자승도 얼른 땅에 무릎을 꿇었다.

"저도 무릎꿇고 엎드려 사죄드리옵니다. 이 어리석고 못난 놈을 용서하여 주십시오."

"허허, 이러는 게 아닐세. 나같은 땡초한테 절하는 게 아니래두······."

"아니옵니다, 대사님. 이 어리석은 중 원효는 이제야 부처님 법을 제대로 보았사옵고, 부처님 법을 따르고, 부처님 법을 지키고, 부처님 법을 전하는 참된 스님을 이제야 만나뵈었습니다."

"에이끼! 이런 몹쓸 사람들을 보았는가? 두 눈들 똑바로 뜨고 자세히 보게! 이 대안이는 중도 아니야. 이 대안이는 미친 늙은이야. 이 대안이는 늙은 거렁뱅이, 이 대안이는 천덕꾸러기, 이 대안이는 집도 절도 없이 떠돌아 다니는 하찮은 떠돌이, 감히 어찌 출가수행자가 내 앞에 절을 한단 말인가!"

"아니옵니다, 대사님. 오늘부터 대사님을 스승으로 모실 것이옵니다. 허락하여 주십시오."

원효대사는 이때 대안대사의 걸림 없는 자비행을 보고 크게 깨달은 바가 있었다. 수십 권 수백 권의 경책을 보고 달달 외우는 왕사나 국사보다도, 금빛 가사를 입고 수백 수천의 승려를 거느린 고승대덕보다도 누더기 한 벌에 바라 하나, 요령 하나, 바루 하나를 들고 걸인처럼 천촌만락을 떠돌아 다니며 가난한 백성과 함께 숨쉬고, 가난한 백성과 함께 웃으며, 가난한 백성과 함께 부처님 말씀을 나누는 대안대사야말로 원효가 찾고있던 바로 그런 스승이었던 것이다.

3
차로 알고 마시는 곡차

하루는 대안대사가 원효대사를 불렀다.
"이것 보시게. 원효."
"예, 대사님."
"거 대사라는 소리 그만 좀 하시게."
"하오면 법사님이라고 부르도록 하겠습니다."
"그냥 대안이라 부르시게."
"하오나 소승이 대사님께 어떻게 감히 대안이라고 부를 수 있겠사옵니까?"
"나는 그저 대안, 대안, 대안, 대안일 뿐, 그대가 산이라 부른다고 해서 산이 되는 게 아니요, 그대가 나를 강이라고 부른다 해서 강이 되는 게 아닐세."
"그것은 소승도 알겠사옵니다마는……."

대안대사는 소쩍새가 우는 소리를 가만히 듣고있다가 원효대사에게 말했다.

"저 소리를 좀 들어보시게나."

"무슨 소리······ 말씀이시온지요?"

"밤새도록 들려오는 저 소쩍새 소리 말일세."

"예. 듣고 있사옵니다."

"어떤 사람이 저 새를 봉황이라고 부른다 한들 저 새가 봉황새가 되겠는가?"

"아니옵니다."

"허면 저 새를 까마귀라고 부른다고 해서 까마귀가 되겠는가?"

"아니옵니다."

"그대와 나도 그와 같네."

"무슨······ 말씀이시온지요?"

"스승이니, 제자니, 국통이니 대국통이니, 그런 허명에 집착하지 말게. 부자도 되지말고, 가난뱅이도 되지말고, 나쁜 사람도 되지말고 좋은 사람도 되지말게. 분별하면 집착하게 되고, 집착하게 되면 일을 그르치니, 이쪽도 저쪽도 다 놓아버리게. 그리하면 그대도 대안, 대안, 대안, 대안이 될 것이야."

원효대사는 대안대사가 머물고 있는 바위굴을 떠나지 아니한채 대사와 번갈아 동냥젖을 얻어다가 너구리 새끼들을 키우고 있었다.

그러던 어느날이었다. 원효대사가 칡뿌리를 캐어가지고 바위굴로 돌아와보니 너구리 새끼들이 보이지를 않았다. 원효대사는 깜짝 놀랐다.

"아니, 너구리 새끼들은 어찌 하셨습니까?"

"자네 상좌 시켜서 산 속에 놓아주고 오라고 그랬네."

"그 어린 것들을 벌써 놓아주다니요, 대사님?"

"놓아주지 아니하면, 평생토록 품에 안고 살텐가?"

"그래두 그렇지요. 어미가 되려면 아직두 멀었는데요."

"먹을 것을 찾아 먹을줄 알았으니 그만하면 제 갈길로 가라고 그래야지, 더 오래 붙잡아두면 바보 너구리가 되는 법이야."

"애지중지 키우시던 너구리 새끼들인데 허전하지도 않으십니까?"

"제 아무리 애지중지 키운 딸이라고 부모가 평생토록 데리고 살던가?"

"그건 그렇습니다만……."

"난 이제 이 굴을 떠날 것이니 그대도 그대 갈 길을 가도록 하시게."

"아니, 어디로 가시려구요?"

"이 대안이가 그동안 대안치 못했으니 대안, 대안하려면 이 산을 벗어나야지."

"그동안 대안치 못하셨다니요?"

"불쌍한 너구리 새끼들이 죽으면 어찌하나 거기에 집착해 있었으니 편안치 못했지. 무엇이든 애착을 가지게 되면 편안치 못한 법이거든. 자, 이게 자네 걸망이니 상좌녀석 돌아오거든 여기서 살던지 떠나던지 마음대로 하게나."

"하시면 지금 곧바로 떠나시게요?"

"대안이가 대안, 대안 못했더니 생병이 다 생기려고 그러는구먼. 자, 그럼 이 대안이는 대안, 대안하러 떠나야겠네."

굴을 나가려는 대안대사에게 원효스님이 다시 물었다.

"어느쪽으로 가시는 길이십니까?"

"그동안 못가봤더니 안부가 궁금하구먼. 사복이 마을로 가봐야 겠어."

"사복이 마을이라면 어디를 말씀하시는 것인지요?"

"저 산너머 땅군 마을일세. 뱀잡아 팔아먹고 사는 땅군 마을 말일세."

"잠깐만요, 대사님."

"왜 그러시는가?"

"땅군 마을에 가신다면 그들에게 설법하러 가시는 길이십니까?"

"이 사람, 똑똑히 알아두시게. 나는 땅군들도 친구요, 백정들도 친구지만, 그 친구들한테 설법같은 건 아니하네. 만나면 그저 대안,

대안이지."

"뱀을 잡아 팔아먹고 살면 그것은 분명히 살생이 아니겠습니까?"

"그 뱀을 사먹고 병을 고치는 사람이 있으니 그야말로 대안, 대안이지."

"예에? 그 뱀을 사먹고 병을 고치는 사람이 있다구요?"

"더 이상은 묻지도 말게. 나같은 땡초는 무식하고 어리석고 바보 같은 놈이라 따지고 분별하고 가리는 일은 질색이라네. 내 말 아시겠는가?"

원효대사는 또 한번 크게 얻어맞은 기분이었다. 뱀을 잡아 팔아먹고 사는 것은 분명히 살생을 하는 것이나 마찬가지일 터인데 그 뱀을 사먹고 병을 고치는 사람이 있으니 대안, 대안이라…….

잠시후, 밖에서 시자승이 돌아와서는 주위를 둘러보고는 원효대사에게 말했다.

"아니, 스님. 대사님은 어디 가시고 스님 혼자만 서 계시옵니까요?"

"으음? 음…… 대사님은 걸망 챙겨 지고 내려가셨다."

"그럼 이제 스님도 절간으로 돌아가셔야지요. 너구리 새끼들도 놓아주었으니까요."

"아니다. 나는 결코 절간으로는 돌아가지 아니할 것이야."

"그럼 대체 언제까지나 이렇게 거렁뱅이처럼 떠돌이로 지내시게요?"

"그동안 나는 헛세상을 살아왔다."

"무슨……말씀이시옵니까요, 스님?"

"부처님 제자라면서 제자가 아니었고, 출가수행자가 되었다고 하면서도 수행자가 아니었다. 세속 사람들에게 스님이라는 말을 들으면서도 나는 정녕 스님이 아니었다."

"아니 스님, 대체 무슨 말씀을 하시는 것이옵니까요, 예?"

"열 권, 백 권, 부처님 경전을 읽고 배워서 분별이 있으면 집착이 생기고, 집착이 생기면 그르친다 알면서도 분별과 분별아닌 것을 분별하려 들었고, 집착하지 아니하려는 데에 집착했으니 악하고 선한 것, 좋고 나쁜 것, 춥고 더운 것을 수없이 가리고 따지고 분별하고 집착했구나."

시자승은 도무지 무슨 말인지 모르겠다는듯이 고개를 저으면서 원효대사를 쳐다보았다.

"스님, 대체 어인 일로 이러시옵니까요, 예? 스님께서는 천하가 다 알아주는 신라 제일의 원효스님 아니십니까요?"

"다 부질없는 소리다. 다 소용없는 소리야. 열반경을 외우는 것이 부처되는 길이 아니요, 금강경을 아는 것이 부처되는 길이 아니요, 법화경과 화엄경을 통달하는 것이 부처되는 것이 아닌 줄을 이제야 알겠구나."

"스님……."

"너는 이제 절간으로 돌아가거라. 나는 내가 갈 길을 가야할 것이니라."

"대체 어디로 가시려구요, 스님?"

"사복이 마을로 갈 것이니라. 땅군들이 사는 마을로 갈 것이니라."

원효대사는 말을 마치자 뒤도 돌아보지 않으시고 성큼성큼 걷는 것이었다. 시자승은 급히 뛰어 쫓아가며 스승을 불렀다.

"스님, 스님, 스니임—."

바로 얼마전까지만 해도 신라 제일의 학승으로 손꼽히던 원효대사, 분황사에 머물며 왕실의 초대를 받아 왕족과 귀족들에게 법문을 설하던 원효대사, 그 법문을 듣고 그만 넋을 빼앗겨 태종 무열왕의 딸 요석공주가 사모의 정을 바치고자 옷을 지어보냈던 바로 그 원효대사가 천덕꾸러기들이 모여사는 땅군 마을엘 찾아들었으니 이는 참으로 있을 수 없는 일이었다.

"대안, 대안, 대안이로다. 대안, 대안, 대안이로다. 대안, 대안, 대안이로다."

"대사님, 대체 무엇이 그리 대안이시옵니까?"

대안대사는 요령을 흔들며 대답했다.

"대안, 대안, 대안이지. 마을에서 뱀을 많이 잡았으니 대안, 대안이요, 뱀복이, 사복이 마을에 천하의 새벽스님, 원효스님이 오셨으니 대안, 대안, 대안이지……. 음 허허허…… 대안, 대안, 대안이로다……."

"이 땅군 마을에서 뱀을 많이 잡은 것이 참으로 그리도 대안이십니까?"

"암, 대안, 대안, 대안이구말구. 왕실이나 귀족들에게는 백제 병사, 고구려 병사 많이 죽이고 많이 잡히는 게 대안, 대안이겠지만 이 마을 땅군들에게는 뱀 많이 잡히는 게 대안, 대안이지. 안 그렇겠는가? 음?…… 허허허…… 대안, 대안, 대안이로다."

"제발 그 요령 좀 그만 흔드시고 소승의 말씀도 좀 들어주십시오."

"음, 그래…… 이 땡초한테, 새벽스님, 원효스님께서 무슨 할 말씀이 있으시단 말이신가?"

"소승이 이 땅군 마을에 오는 걸 보시고 일부러 이러시는 것이 옵니까?"

"이 사람아, 이 대안이는 대안, 대안 밖에는 아는 것이 없으이."

"그러시지 마시고 제발 찬찬히 가르침을 내려 주십시오."

"에이끼 이 사람! 가르침 같은 게 무슨 소용이란 말인가! 어이구, 저기 마침 땅군 마을에서 제일 가는 뱀잡는 귀신 뱀복이, 사복이가 오는구먼 그래. 여보게, 사복이—."
 사복이라 불리는 젊은 땅군이 대안대사를 알아보고는 반갑게 다가왔다.
 "헤헤, 대안, 대안, 대안시님께서 무신 일로 이 사복이를 부르십니까요, 헤헤……."
 "이 사람, 이리 와서 인사나 하고 지내시게. 이분으로 말씀을 드릴 것 같으면 신라에서 제일 가는 학승이신 새벽스님, 원효스님이시라네."
 "헤헤헤…… 새벽시님, 원효시님이시라구요? 헤헤헤……."
 "그렇소이다, 내가 바로 원효라고 하오."
 "헤헤, 그러면 시님께서도 우리 마을에 뱀 사잡수러 오셨는가요?"
 "아, 아니오. 배, 뱀을 사먹으러 온 것은 아니구……."
 그러자, 사복과 대안스님은 함께 대안, 대안, 대안을 외치는 것이었다.
 "대안, 대안, 대안이로다. 이것 보시게! 뱀복이, 사복이—."
 "예, 시님—."
 "아, 이 사람아! 귀한 손님 오셨는데 그러고 있으면 되겠는가? 아껴둔 술 있거든 한 상 차려 내오셔야지."

"아이구 예. 알겠십니다요, 시님. 술상 차려 오겠십니다요, 시님."

"아, 아니오. 나는 술은 마시지 못하는 사람이오."

"이것 보시게, 원효스님. 왕족이나 귀족들 같으면 귀한 스님 오셨다고 귀한 차를 내오겠지마는, 이 사람들은 비천한 사람들이라 차 마실줄을 모르고 차 대신 대접하는 게 달착지근한 곡차라는 것일세. 아시겠는가?"

지금이야 차가 흔하게 되었지만, 그때만 해도 그렇지 못했으니 원효대사는 그만 말문이 막히고 말았다. 왕족이나 귀족들 같으면 마땅히 차를 끓여 대접하겠지만, 땅군들 집에 그 귀하고 값비싼 차가 있을 리 없는 일. 귀한 손님 오셨다고 곡차를 대접한다는데야 대꾸할 말이 없을 수밖에······.

잠시후 사복이 반쯤 부서진 소반에 상을 차려 내왔다.

"자, 대안시님 말씸대로 곡찻상을 차려 왔십니다요."

원효는 어찌할 바를 몰라 난처한 기색으로 대안대사를 쳐다보았다.

"아, 저······ 이것 참······."

"이것 보시게, 원효스님."

"아, 예."

"자네가 아니드실 양이면 내 한 가지 묻겠네."

"예, 말씀하십시오."

"내 그동안 지켜보아왔네만, 근년 3년 내리 흉년이 들면서 백성들 사이에서는 굶어죽는 사람이 부지기수였다네. 그건 원효스님도 알고 계시겠지?"

"예, 들어서 알고는 있사옵니다."

"헌데 2년 3년 내리 흉년이 들어서 백성들이 부지기수로 굶어 죽어가고 있을 적에 과연 왕실이나 귀족들 사이에서도 굶어 죽는 사람이 있었던가, 없었던가?"

"그야 굶어 죽은 왕족이나 귀족은 없었을 것이옵니다."

"또 한가지 묻겠네."

"예."

"굶어 죽은 스님은 과연 있었던가, 없었던가?"

"……."

곡찻상을 앞에 놓고 두 스님이 얘기만 하자, 사복이 재촉하였다.

"아이구 대안시님두……. 아, 곡찻상을 앞에다 놓고 법문하실랍니까?"

사복이의 말에는 대꾸도 안하고 대안대사는 원효대사에게 다시 물었다.

"가만, 내 한 가지만 더 물을 것이 있으이."

"예."

"정승이나 대신이나 귀족이나 장군의 자식들이 싸움터에 나가서

죽으면 나라에서는 그 가족들에게 상급을 내렸어. 헌데 땅군들 자식이 싸움터에 나가 죽으면 상급은 커녕 곡식 한 톨 내려주지 않았네. 그것을 원효스님은 알고나 계셨는가?"

 술상을 앞에 놓고 던지는 대안대사의 말 한 마디 한 마디는 그야말로 비수처럼 원효대사의 가슴에 와서 꽂히는 것이었다.

 "내 그동안 지켜보아왔네마는 우리 군사들이 싸움터로 나갈 적에 우리 스님들이 무운장구를 빈다고 해서 축원을 올리고 염불을 했네. 말이 무운장구지 '싸움터에 나가서 백제군사 고구려 군사들을 많이많이 죽이고 오너라' 그렇게 빌었지 달리 빌었겠는가! 그러면서도 또 한편으로는 살생을 하지 말라 그렇게 말했지. 산 목숨 죽이지 말라고 말일세."

 사복이가 다시 재촉하였다.

 "아이고 참말로 대안시님이요, 곡찻상을 앞에다 놓고 이 무신 설법이십니까요, 예?"

 "이것 보시게, 원효스님."

 "예, 말씀하십시오."

 "내 자네한테 퍼부으려고 하는 말은 아닐세마는…… 왕족, 귀족, 장군의 자식이 싸움터에서 죽으면 천도제다 위령제다 제사도 참 걸판지게 지네데마는, 백성들 자식이 떼거리로 죽었어도 그 자식들을 위해서 염불이나 한번 해주셨던가?"

원효대사는 고개를 푹 숙이고는 조그만 목소리로 말했다.

"드릴 말씀이 없사옵니다, 대사님."

기다리다 못한 사복이 다시 한마디 했다.

"아니고 참말로 시님들, 이거 너무 하십니다요. 곡찻상을 앞에다 놓고 무신 사설이 이리도 만리장성이시랍니까요, 예?"

"그래, 그래. 이제 그만 되었어. 왕실이나 귀족집이 아니라 차를 끓여내오지 못하는 것은 잘 아실터이고, 그대신 곡차라도 드시겠는가, 아니 드시겠는가?"

"소승, 이 곡차를 기꺼이 차로 알고 마실 것이옵니다."

"참으로 그리 해주시겠는가?"

"예."

대안대사는 흡족한 듯 요령을 흔들며 다시 대안, 대안, 대안을 외치는 것이었다.

"아이구 참 시님, 그놈의 대안이 타령일랑 그만 하시구 곡차나 퍼뜩 드십시다요."

"그래, 그래. 대안이 타령은 그만 하고 곡차나 드세나."

그날밤 원효대사와 대안대사는 마을 사복이네 집에서 곡차를 잘 마시고는 밖으로 나왔다. 멀리서 소쩍새 우는 소리가 들려왔다.

"아하— 대안, 대안, 대안이로다. 아하— 대안, 대안, 대안이로다. 이것 보시게, 원효스님."

"말씀하시지요."

"저 하늘을 좀 쳐다보시게."

"예."

"어떠신가? 왕실이나 귀족집에서 차를 마시고 쳐다보는 하늘하고, 오늘밤 곡차를 마시고 쳐다보는 하늘하고 같으신가, 다르신가?"

"같다고 해도 30방이요, 다르다고 해도 30방일 것이니 같지도 아니하고 다르지도 아니합니다."

"허허허허…… 대안, 대안, 대안이로다. 대안, 대안, 대안이로다."

"하하하하…… 대안, 대안, 대안이로다. 대안, 대안, 대안이로다."

두 스님들의 커다란 웃음소리에 마을의 개들이 마구 짖어대기 시작하였다.

"에이끼! 이런 무식한 개들 같으니라구. 천하의 원효가 대안, 대안이라는데 네 녀석들만 어찌하여 대안이 아니라고 짖어대는고? 응? 허허허허……."

"아니옵니다, 대사님."

"아니라니?"

"대사님께서 잘못 들으셨습니다. 소승이 듣기로는 저 개들도 대안, 대안이라고들 짖었습니다."

"그래? 그럼 어디 한번 더 짖어보아라."

"……컹컹……컹컹……."

"어어, 그래, 그래. 그러구 보니 과연 너희들도 대안, 대안이라고 짖어대는구나, 응? 허허허허……. 대안, 대안, 대안이로다."

"허허허허……."

"하하하하……."

"……컹컹……컹컹……."

 그 다음날이었다. 밖이 아직 캄캄한데, 대안대사가 원효대사의 방문을 열고 원효대사를 깨우는 것이었다.

"여보시게, 원효스님. 아직 일어나지 아니 하셨는가? 어서 그만 걸망 짊어지고 나오시게나."

원효대사는 자리에서 벌떡 일어나 잠이 덜깬 눈을 비비며 말했다.

"아, 이렇게 이른 새벽에 어딜 가시려구요?"

"탁발을 해서 찬밥 한 덩이라도 얻어 먹으려면 30리는 좋이 걸어내려가야 하네."

"탁발이야 이 마을에서 하면 될 것이지 30리 길은 왜 내려가자고 이러십니까?"

"이 사람아, 이 마을에서는 탁발이 아니되니 하는 말이지."

"예에? 이 마을에서는 탁발이 아니 된다니요?"

"이 마을은 가난한 마을이라 아침을 굶는 집이 절반도 넘는다네."

"예에?"

"어서 나오시게. 우물쭈물하다가는 주인한테 들키고 말걸세."

"아니 그러면 주인한테 간다는 말도 아니하고 가잔 말씀이십니까?"

"아침 대접할 형편도 아니 되거늘 공연히 얼굴 마주치면 마음만 언짢게 해줄 것이니, 주인 일어나기 전에 슬그머니 떠나는 게 상책이라네."

"죄송하옵니다. 제가 그만 눈치가 둔해 놓아서……."

"황룡사 분황사에서 편한 잠에 더운 밥만 먹었으니 백성들 사정을 어찌 아시겠는가!"

"참으로 죄송하옵니다. 어서 그만 떠나도록 하시지요."

4
목수를 제대로 만나야 하느니라

 땅군 마을을 떠난 원효대사는 그날 아침, 대안대사와 함께 탁발한 찬밥 한덩이로 요기를 하고 마을 뒷산 기슭에 나란히 앉았다. 멀리서는 뻐꾸기 우는 소리가 들려왔다.
 "여보게, 원효!"
 "예, 대사님."
 "백성들이 어찌 사는지 자세히 보셨는가?"
 "예."
 "왕족과 귀족들이 비단금침 속에서 단꿈을 꿀 적에 미천한 백성들은 맨땅에서 잠을 자고, 왕족과 귀족들이 진수성찬을 배불리 먹을 적에 미천한 백성들은 풀뿌리를 씹어 허기를 달래고 있네."
 "예, 소승도 잘 보았습니다."
 "그런데도 말일세, 원효."

"예, 말씀하십시오 대사님."

"덕 높고 도가 깊으시다는 우리 서라벌 고승대덕들은 왕족과 귀족들을 위해서는 법회도 열고, 백일기도를 하면서 저 미천한 백성들을 위해서는 염불 한번 해주지를 아니했네."

"…… 과연 그러했습니다, 대사님."

"이것 보시게, 원효! 자네도 길을 잘못 들었어."

"길을 잘못 들다니…… 무슨…… 말씀이신지요?"

"호의호식하고 부귀영화를 누리려면 장군이 되던지 벼슬길로 들어가서 대신이 되어야지, 어쩌자고 머리깎고 중이 되었더란 말인가?"

"조부님께서 잉피공을 지내셨고 아버님께서는 나마 벼슬을 하셨습니다마는 그래봐야 저희집은 육두품에 지나지 않으니 감히 어찌 장군이나 대신이 될 수 있었겠습니까?"

"그래도 싸움터에 나가 큰 전공을 세우면 장수가 될 수는 있었을 것이 아니던가?"

"대사님께서도 훤히 알고 계시는 일이니 소승 무엇을 숨기겠사옵니까만, 소승 출가하기 전에는 문무를 겸비한 화랑도로서 많은 싸움에 참여했었습니다. 그리해서 녹금서당을 거쳐 황금서당 직분까지 누렸었지요."

"황금서당 직분이었다면 휘하에 기백의 화랑을 거느렸었겠네 그려?"

"많을 적에는 1200여명의 화랑을 거느렸었지요. 그대신 수백의 화랑이 죽는 것도 목격했었구요."

"그래. 수백의 화랑이 죽는 걸 목격했다면 그 소회가 과연 어떠하던고?"

"호랑이는 호랑이를 죽이지 아니하고, 늑대는 늑대를 죽이지 아니하거늘 사람이 사람을 죽여야 하다니 참으로 비통했지요."

"그래서 결국 불문에 들어오게 되었던가?""

"그런 셈이지요."

"장수도 되고 장군도 될 수 있었을 터인데 살생이 싫어서 불문에 들어왔구먼 그래?"

"그 한가지 까닭만은 아니었지요. 어쩐 일인지 어렸을 적부터 출가수행자가 되고 싶었으니까요."

"어렸을 적부터 수행자가 되고 싶었단 말이던가?"

"예."

"대체 어쩐 연유로 어렸을 적부터 수행자가 되고 싶었단 말이던가?"

"대사님게서 묻자오시니 소승 소상히 말씀 올리도록 하지요."

원효대사는 자신이 어떻게 해서 삭발출가하게 되었는지 그 내력을 그 누구에게도 말한 적이 한번도 없었다. 그러나 대안대사가

묻는데야 숨길 수가 없었던 것이다.

"소승은 아버님 얼굴도 자세히 모르고 어머님 얼굴은 더더욱 모릅니다."

"그것은 또 무슨 소리던고?"

"소승은 진평왕 39년 압량군 불지촌에서 태어났습니다. 그런데 제 어머님은 저를 낳으시려고 친정으로 가시던 길에 밤나무골을 지나가시다가 그만 밤나무 밑에서 저를 낳으셨다고 하옵니다."

"허허, 밤나무 밑에서 태어났다구?"

"예, 그런데 어머님께서는 저를 낳으시자마자 며칠도 살지 못하시고 세상을 뜨셨다고 합니다."

"원, 저런!"

"그리고 제가 세 살도 되기 전에 아버님께서는 낭비성 싸움에 나가셨다가 돌아가셨다 하옵니다."

"허허, 아니 그러면 대체 누가 자네를 키웠더란 말이던고?"

"늙으신 할아버님 손에서 자랐지요."

"조부님 손에서?"

"그렇습니다. 그런데 제 나이 열 살이 되었을 적에 할아버지께서는 이렇게 이르셨지요.

'너는 이 할애비 말을 명심해야 할 것이니, 네 에미가 큰 별이 품에 안기는 태몽을 꾸고 너를 잉태했다고 하였다. 그리구 네가 밤나무 밑에서 태어날 적에는 오색 구름이 밤나무 숲을 뒤덮었었느니라. 그런데 듣자하니, 저 서역국의 부처님께서도 나무 밑에서 태어나셨구, 부처님의 어머님께서도 아들을 낳자마자 세상을 뜨셨다고 했으니, 네 출생은 부처님과 똑같느니라.'
 할아버지의 이 말씀을 들은 뒤부터 저는 어쩐 일인지 나도 부처님이 되어야겠다는 생각을 품게 되었습지요."
 "그래, 그래. 자세히 듣고보니 자네의 출생은 부처님의 출생과 너무도 똑같네 그려……. 응? 허허허 ……."

 원효대사가 처음 어느 사찰에서 삭발출가하게 되었는지는 삼국유사에도, 중국의 송고승전에도 기록되어 있지 않지만, 이상하게도 일본에서 간행된 불교경전 목록 가운데 원효대사의 출가사찰을 흥륜사로 기록하고 있으니 흥미로운 일이라 하겠다. 이 기록에 의하면 원효대사는 당시 신라의 서울이었던 서라벌 남이리에 있던 흥륜사 법장스님의 문하에서 사미 시절을 보내면서 갖가지 불교경전을 섭렵하고 경·율·논 삼장을 통달했다고 기록되어 있다.

 그 흥륜사에서였다.
 하루는 법장스님이 원효를 불렀다.
 "스님, 부르셨사옵니까?"

"그래, 내가 너를 불렀느니라."

"분부 내리시지요, 스님."

"너는 오늘로 걸망을 챙겨 이 흥륜사를 떠나도록 해야 할 것이다."

"아니, 어인 말씀이시옵니까요 스님?"

"너는 본래가 총명했던지라 글에 있어서는 나를 앞섰거니와 학식 또한 나보다 깊어서, 단 한 가지도 내가 가르침을 내린 바 없고 너 스스로 배우고 익히고 터득하여 오늘의 뛰어난 경지를 이루었느니라."

"아니옵니다, 스님. 모든 것이 다 스님의 은혜인줄로 아옵니다."

"아니다. 이 흥륜사 법장이 너에게 베푼 것은 비바람 피할 수 있도록 잠자리를 빌려준 것이요, 때 맞추어 굶주리지 않게 해준 것이요, 이 절에 있는 경전을 빌려보게 해준 것 뿐이니라."

"아니옵니다, 스님. 이제와서 어찌 그런 말씀을 하시옵니까?"

"내가 보건데 너는 이제 우리 신라땅 안에서는 경·율·논 삼장에 있어서 가히 으뜸의 경지에 올랐다 할것이니, 이 흥륜사에서는 이제 더이상 보고 배울 것이 없다 할 것이다."

"아니옵니다 스님, 소승 진심으로 원하옵건데 이 흥륜사에 더 오래 머물도록 허락하여 주십시오."

"아니될 소리, 너는 오늘로 걸망을 챙겨 그만 이 흥륜사를 떠나도록 해야할 것이다."

"스님, 혹시 소승이 불가의 법도에 어긋나는 점이 있어서 소승을 쫓아내시려 하시는 것이온지요?"

"아니다. 너에게 무슨 잘못이 있어서가 아니라……."

"하오시면 대체 어쩐 까닭으로 소승더러 이 흥륜사를 떠나라 하시옵니까요?"

"아무리 좋은 재목도 목수를 제대로 만나야 대들보로 쓰이는 법이야."

원효는 법장스님에게로 한무릎 더 가까이 다가앉으며 간청했다.

"하오면, 부디 스님께서 소승을 좋은 재목으로 더 키워주십시오."

"이것 보아라, 원효야. 너는 어찌하여 내 말뜻을 그리도 알아듣지 못하는고?"

"죄송하옵니다만 소승은 이 흥륜사에서 더 배우고 싶사옵니다."

법장스님은 답답하다는 듯이 원효를 쳐다보며 다시 말씀하셨다.

"나는 글도 짧고 학문도 얕아서 자칫하면 좋은 재목감을 아궁이에 쑤셔 넣을 그럴 위인이다. 그러니 너는 아궁이에 쑤셔 넣어지기 전에 오늘로 당장 이 흥륜사를 떠나란 말이다."

법장스님이 이렇게까지 말씀하시자, 원효도 그만 단념하고 법장스님께 여쭈었다.

"하오시면 소승은 대체 어디로 가면 좋겠사옵니까, 스님?"
"여기서 남쪽으로 가면 영취산이 있으니 그 영취산 반고사에 가면 낭지법사가 계실 것이니라."

5
내려가 아침이나 얻어 먹게

이렇게해서 서라벌의 흥륜사를 떠나게 된 원효스님은 걸망 하나 등에 짊어진채 지금의 경상남도 양산군 통도사가 있는 바로 그 영취산으로 들어가 반고사에 이르게 되었다.
경내로 들어간 원효스님이 큰소리로 말했다.
"객승, 문안드리옵니다. 객승, 문안드리옵니다."
그러자, 안에서 문이 열리며 동자승이 나오는 것이었다.
"누구……시온지요?"
"서라벌 흥륜사에서 온 원효라고 하네마는 법사님께서는 지금 계시는가?"
"낭자, 지자, 우리 낭지법사님을 뵈오러 오셨습니까?"
"그렇네마는……"
"그러시다면 헛고생을 하셨습니다요."

"아니 이 사람, 헛고생이라니?
"우리 법사님께서는 이 반고사에는 아니 계시구먼요."
"그럼 대체 어디에 계시온단 말이신가?"
"산 너머 움막에 따로 혼자 계시는구먼요."
"어느……산……너머에 말씀이신가?"
"저기 저 동쪽 산 너머에 계시는데요."
"소상히 가르쳐주어서 정말 고마우이. 그럼 다음에 또 만나세."
원효스님이 돌아서서 산 너머로 가려하자, 동자승이 급히 원효스님을 불렀다.
"아, 이것 보십시오 스님."
"왜 그러시는가?"
"산 너머 움막에 지금 가보셔야 헛일이십니다요."
"거기 따로 계신다고 그러지 않으셨는가?"
"그야 계시올 적에는 거기 계신다는 말씀이지요."
"그러면 지금은 그 움막에 아니 계신다는 말이신가?"
"우리 법사님께옵서는요, 한번 움막을 비우시면 열흘만에도 오시고 보름만에도 오시고, 또 어떨 때는 한달만에도 오시고, 석달만에도 오시고 그러십니다요."
"아니 그러면 법사님께서 지금은 어디 출타중이시란 말이신가?"
"어제 저녁나절에 훌쩍 떠나셨습니다요."

"어디로 말씀이신가?"

"법사님께서는 어디로 가신다, 언제쯤 돌아오신다, 그런 말씀은 원래 없으십니다요."

"아니, 그러면 나이 어린 자네 혼자 이 절에 계신단 말이신가?"

"혼자는 왜 혼자입니까요? 법당에 부처님도 계시고 신장님도 여러분 계시는데요."

사미승은 반짝이는 눈망울을 들어 이 객승을 가만히 올려다 보는 것이었다.

원효스님은 이 반고사 사미승이 여간 영특한 아이가 아님을 곧 알아차리게 되었다.

"이것 보시게."

"예, 말씀하십시오."

"이렇게 깊은 산속에 홀로 있자면 무섭지도 아니 하신가?"

원효스님이 무섭지 않냐고 묻자, 동자승은 눈을 휘둥그렇게 뜨면서 말하는 것이었다.

"아이구 참 객스님두…… 부처님이랑 신장님들이랑 다 함께 계신다는데 왜 자꾸 혼자, 혼자 그러십니까요?"

"오 참, 내가 또 말을 잘못 했네그려. 그러면 대체 이 절에는 언제 오셨는가?"

"소승이 다섯살 적에 왔으니, 한 5년 되었구먼요."

"그렇게 일찍 오셨더란 말이신가?"

"우리 마을에 돌림병이 돌았을 적에 아버님, 어머님, 형님, 누님 모두 돌아가시구 저만 살아 남았습지요."

"원 저런…… 그래서……?"

"그때 마침 지나가시던 법사님께서 저를 보시고는 이 절로 데리고 와서 키워 주셨지요."

"오, 그러셨구먼."

"저 그런데요, 객스님……."

"그래, 왜 그러시는가?"

"객스님도 우리 법사님처럼 신통술을 가지고 계십니까요?"

"신통술이라니?"

"우리 법사님께서는요, 눈을 감으면 천 리를 보시고 눈을 뜨시면 삼천 리를 보신다고 다들 그러시던데요?"

"낭지법사님께서 신통력을 가지고 계신다구?"

"예. 하룻밤에 오백 리도 가고 천 리도 가신다고 다들 그러시더라구요."

"글쎄…… 그건 나도 처음 듣는 소리라 잘은 모르겠네만 나는 아직 그런 재주는 없다네."

그러자 동자승은 이제 알겠다는듯이 빙그레 웃었다.

"아, 예. 그래서 그 신통술을 배우려구, 그래서 오셨지요?"

"아, 아닐세. 나는 그런 신통술을 배우러 온 게 아니구……."
"그러면 무슨 일로 우리 법사님을 뵈오러 오셨습니까?"
"아 글쎄, 거 뭐라고 그래야 할까? 그래, 도를 배우려고 그래서 왔다네."
원효스님이 도를 배우러 왔다고 말하자, 동자승이 고개를 갸우뚱거렸다.
"도라는 게 대체 무엇인데요?"
"으음, 그 도라고 하는 것은 말씀이야, 부처님이 되는 길을 도라고 하는 것이지."
"그럼 객스님께서는 부처님이 되고 싶다, 그런 말씀이십니까요?"
"으음, 그렇지. 부처님이 되고 싶지."
"그럼 부처님이 되신 다음에는 저렇게 법당에 가만히 앉아만 계시게요?"
"무, 무엇이라구? 법당에 가만히 앉아만 있을거냐구?"
나이 어린 사미승이 무심코 던진 이 한마디 물음은 두고두고 원효스님의 뇌리를 떠나지 아니했으니, 이때 원효스님은 이 나이 어린 사미승으로부터 한 대 얻어맞은 셈이었다.
그러나 정작 만나뵙고자 찾아왔던 장본인 낭지법사는 사흘을 기나리고 닷새를 기다려도 돌아오시지 않았다. 낭지법사를 눈이 빠지도록 기다리던 원효가 동자승에게 물었다.

"이것 보시게."

"예, 말씀하십시오."

"정말 법사스님께서는 한달만에도 오시고 석달만에도 오시고 기약이 없으신가?"

"어떨 때는 또 사흘만에도 오시고 닷새만에도 오시구요."

"닷새라면 이미 지나지 아니했는가?"

"혹시 잘 모르지요. 오늘밤에라도 느닷없이 돌아오실른지도……"

"오늘밤에 말이신가?"

그런데 바로 그날 밤이었다. 산짐승들 우는 소리가 그날따라 유난히 크게 들려와서 원효스님마저도 섬뜩할 정도였다. 사미승이 원효스님을 쳐다보며 물었다.

"저 소리 들리십니까요?"

"저 산짐승 우는 소리 말이신가?"

"저렇게 산짐승이 우는 것은 배가 고파서 우는 것이랍니다요."

동자승은 산짐승이 우는 소리가 아무렇지도 않은 것 같았다.

"배가 고파서?"

"예. 그래서 저렇게 산짐승이 유난히 울어대는 날 밤에는 우리 법사스님이 꼭꼭 이 절로 돌아 오시곤 하셨습니다요."

"자네가 걱정이 되셨던게지."

"저렇게 산짐승이 유난히 우는걸 보니, 우리 법사스님이 오실 것도 같구먼요."

"하지만 멀리 출타중이신데 저 산짐승 소리를 어찌 들으시겠는가?"

"아이참, 우리 법사스님께서는 신통자재하신 분이시라니까 그러시네요."

그런데 과연 그날 밤, 밤이 깊었을 무렵 느닷없이 밖에서 낭지법사의 목소리가 들려왔다.

"이것 보아라, 시명이 자느냐?"

"예? 아, 아니옵니다요 스님."

동자승은 얼른 일어나서 방문을 열었다.

"소승 시명이 깨어있었습니다요."

낭지법사는 방으로 들어 오며 원효를 보았다.

"어? 아니, 손님이 와 계셨구나."

"예. 법사스님을 만나뵈오려고 오셨답니다요."

"나를 만나러 왔다?"

원효스님은 얼른 일어서서 예를 갖췄다.

"인사 올리겠사옵니다, 스님. 소승 원효라고 하옵니다."

"아아, 절은 한번만 하면 되는 것이야. 원효라고 그랬는가?"

"예. 흥륜사에 있던 원효라 하옵니다."

"흥륜사의 원효라면 경·율·논 삼장을 통달했다는 바로 그 원효란 말이던가?"

"그 원효는 틀림없사옵니다만 삼장을 통달했다는 말씀은 사실이 아닌 줄로 아옵니다."

"경·율·논 삼장을 수삼 년에 섭렵했다고 들었거늘 사실이 아니라니?"

"일곱 살짜리 아이가 비록 세상 구경을 했다고는 하나 감히 어찌 세상 이치를 안다고야 할 수 있겠사옵니까? 스님의 가르침을 받자옵고자 하오니 부디 허락하여 주십시오."

원효스님은 찾아온 연유를 말씀드리고 가르침을 받을 수 있도록 허락하여 주실 것을 간절히 빌었다. 그러나 낭지법사는 두 눈을 지긋이 감은채 아무 대답이 없으셨다.

원효스님은 조심스럽게 고개를 들어 낭지법사를 우러러 보았다. 부처님처럼 환한 얼굴에 길게 드리운 하얀 눈썹이 근엄하게 보였다.

동자승이 가만히 낭지법사를 불렀다.

"저어…… 스니임."

낭지법사는 눈도 뜨지 않으시고, 동자승에게 말했다.

"어 그래. 넌 그만 마음놓고 건너가서 자도록 해라."

"스님께서도 그만 주무셔야지요……"

"그래. 내 걱정은 말구 어서 그만 건너가서 자도록 해라."

"하오면 소승은 그만 물러가겠습니다요."

나이 어린 사미승이 잠자리에 든 뒤에도 낭지법사는 아무런 말씀이 없었다.

얼마나 시간이 지났을까, 참다못한 원효스님이 입을 열었다.

"말씀드리기 죄송하옵니다만……"

"할 말이 있거든 어서 해보게나."

"소승, 흥륜사에 있을때 경·율·논 삼장을 부지런히 보긴 보았사옵니다만 아는 것이 별로 없사옵니다. 스님의 가르침을 받자옵고자 하오니 부디 허락하여 주시오면 그 은혜 결코 잊지 아니할 것이옵니다."

"내 이미 말했거니와 경·율·논 삼장에 통달했으면 그것으로 족할 것이지 새삼 따로 배울 것이 무엇이 있겠는가?"

"아니옵니다, 소승 비록 글자는 보았다 하나 감히 어찌 그 글자에 담겨있는 뜻을 알았다 할 수 있겠사옵니까?"

"이 사람, 원효!"

"예, 스님."

"자네는 잘못 찾아 오셨어."

"예에?"

"두두물물 화화초초가 다 부처요, 법을 설하거늘 어찌 가르침을

따로 구하려 하는가?"

"용서하십시오. 어리석은 중생 아직 눈도 뜨이지 아니했고 귀도 열리지 아니했으니 두두물물 화화초초의 법문을 알아듣지 못하옵니다."

딱!

낭지법사는 갑자기 주장자로 원효스님을 내리치셨다. 원효스님은 깜짝 놀라 자리를 고쳐 앉았다.

낭지법사는 아무 일 없었다는듯이 조용히 말하는 것이었다.

"어서 그만 가서 잠이나 자게!"

원효스님은 하는 수 없이 조용히 물러 나왔다.

다음날 새벽, 원효스님이 반고사에서 눈을 떠보니, 이미 낭지법사의 모습은 보이지를 않았다. 원효스님이 급히 동자승을 불렀다.

"이것 보시게, 시명 사미."

"예. 부르셨사옵니까요, 원효스님?"

"법사스님께서는 어디 계시는가?"

"에이 참, 아 우리 법사스님께서 산 너머 가신 지가 언제신데 이제야 찾으시옵니까요?"

"벌써 산 너머 움막으로 가셨단 말이신가?"

"소승, 5년 넘게 여기서 살았습니다마는 우리 법사스님께서 자리에 누워계신 모습을 아직 단 한번도 못뵈었습니다요."

"아니 그러면 법사스님께서는 밤에 통 주무시지 아니하신단 말이신가?"

"글쎄올습니다요, 신통자재하신 스님이시라 통 주무시지 아니하시는지 원……. 좌우지간 주무시는 모습을 아직은 한번도 뵙지 못했구먼요."

"알았네. 내 그럼 산 너머 움막으로 찾아뵈어야 겠네."

원효스님은 부지런히 움막쪽을 향하여 걸음을 옮겼다.

"아이구 이것 보십시오, 원효스님. 아, 아침 공양이나 드시구 가십시오. 예?"

"오늘 아침은 혼자 드시게. 난 스님부터 뵈어야 겠네."

원효스님은 그길로 단숨에 산등성이를 넘어 낭지법사가 계시는 움막 앞에 단정히 무릎을 꿇고 앉았다.

"허허, 어쩌자고 여기까지 찾아왔단 말이던가?"

"가르침을 받자옵고자 하오니 부디 허락하여 주십시오, 스님."

"대체 무슨 가르침을 원한단 말이던가! 농사짓는 법을 배우고자 하는가?"

"아니옵니다."

"허면 고기잡는 법을 배우고자 하는가?"

"아니옵니다, 스님."

"그것도 아니라면 산에서 사냥하는 법을 배우러 왔는가?"

"아니옵니다."

"그러면 대체 무슨 가르침을 배우러 왔다는 말이던가?"

"이 어리석은 중생, 도를 구하고자 하오니 부디 가르침을 내려 주십시오."

"정녕 도를 구하고자 하는가?"

"예, 그러하옵니다."

"그럼, 내 한 가지 물을 것이야."

"예."

"그대는 경·율·논 3장을 통달했다고 했으니 법화경은 보았으렷다?"

"통달하지는 못했사오나 법화경을 보기는 보았사옵니다."

"허면, 부처님께서는 법화경에 비유하여 장자의 집에 불이 붙은 것을 이르셨거늘 그 불은 과연 어디서 일어난 불이라 할 것인고?"

"예. 어리석은 소승이 헤아리기로는 무명 중생의 가슴속에 타고 있는 불을 비유하심이니 곧, 탐욕의 불, 성냄의 불, 어리석음의 불인가 하옵니다."

"허면, 그대는 대체 그 무서운 불길을 물로써 끄려는가, 모래로써 끄려는가, 흙을 뿌려 끄려는가? 어디 한번 대답해보게!"

원효스님은 느닷없이 내던지는 낭지법사의 물음에 잠시 생각을 가다듬었다. 부처님께서는 일찍이 법화경에서 장자의 집에 불이

난 것을 비유하여 설법하셨으니 과연 그 불을 무엇으로 끄겠느냐고 낭지법사가 묻는 것이었다.

 "어서 이르게! 탐욕의 불이라 했고, 성냄의 불이라 했고, 어리석음의 불이라 했으니, 그래 과연 그 불을 그대는 무엇으로 끄겠는가?"

 "예. 풀이나 나무에 붙은 불이라면 물을 끼얹어 끌 수 있을 것이요, 기름에 붙은 불이라면 흙이나 모래를 끼얹어 끌 수 있을 것이옵니다."

 "나는 그것을 묻지 아니했어. 성냄의 불, 탐욕의 불, 어리석음의 불, 그 불을 무엇으로 끄겠느냔 말일세."

 "탐욕의 불, 성냄의 불, 어리석음의 불은 마음에 타는 불이온지라 물로서도 끌 수 없사옵고, 흙이나 모래로도 끌 수 없으니 오직 도를 구하여 깨달음으로써만 끌 수 있는 줄 아옵니다."

 "허면 대체 어디에 그 깨달음이 있다고 하셨던가?"

 "……"

 "도는 대체 어디에 있고, 깨달음은 대체 어디에 있느냐고 물었어!"

 "…… 용서하십시오. 그래서 스님의 가르침을 받자옵고자 하옵니다."

 "나는 가르쳐줄 것이 아무것도 없으니 배고프면 반고사에 내려

가서 아침이나 얻어 먹게!"

원효스님은 첫날 낭지법사에게 도를 구했으나 여지없이 한 방망이 얻어맞고 물러나는 도리밖에 없었다. 터벅터벅 움막에서 힘없이 내려온 원효스님을 안됐다는듯이 쳐다보던 사미승이 말했다.

"저, 원효스님!"

"으음?"

"우리 법사스님께 대체 무엇을 얻으러 가셨습니까요?"

"그야…… 도를 구하러 갔었네."

"그래서 도를 얻으셨습니까요?"

"…… 얻지 못했네."

"스님은 오늘 아침에 큰 손해만 보셨습니다요."

"무슨…… 말이신가, 큰 손해만 보았다니?"

"구하려던 도는 구하지도 못하고 공연히 아침 공양만 굶었으니 큰 손해가 아닙니까요?"

"글쎄…… 자네 말을 듣고 보니 그런것도 같구먼……."

그러나, 젊은날의 원효스님은 도를 구하는 일을 포기할 수는 없었다. 그동안 수없이 읽은 경전과 율장, 그리고 수없이 되풀이해서 읽고 또 읽은 수많은 논장이었다.(경전은 부처님의 가르침을 기록해 놓은 것이니 곧 부처님의 설법이요, 율장은 부처님이 엄히 이르신 계율, 그리고 논장은 부처님의 가르침을 해석해 놓은 여러 승려 학자들의 해설과 연구의 결정체들이다.) 그러나 그 많은 책들을 읽었다고 해서 곧바로 도가 구해지는 것이 아니었고, 곧바로 깨달음에 이르는 것도 아니었으니 젊은날의 원효스님의 고뇌는 이루 말로 다 할 수가 없었다. 원효스님이 영취산 반고사에 머물면서 끈질기게 낭지법사께 도를 구하자, 그 지극한 구도열과 정성에 감복한 낭지법사는 원효로 하여금 초장관문과 안신사심론을 짓도록 지도해 주었고, 이 두 가지 글을 지은 원효스님은 이 글 끝에 낭지법사께 드리는 단 한 편의 글을 지어 바쳤다고 송고승전에 기록되어 있지만 불행하게도 초장관문과 안신사심론(安身事心論)은 멸실되어 그 내용을 알 길이 없고, 다만 이 두 편의 저술 뒤에 덧붙였다는 한 편의 시는 오늘날까지도 보존되어 그 전문이 남아 있으니 천만다행한 일이라고 하겠다.

이때 원효스님이 낭지법사께 지어바친 한편의 시는 다음과 같다.

서쪽 골짝 사미승은 머리 조아려
동악에 계시옵는 큰스님께 경례하고
작은 티끌 불어내어 영취산에 보태오며
한방울 물 날리어서 큰못에 던집니다.

　원효스님이 스스로를 낮추어 서쪽 골짜기에 있는 사미승이라 하고, 낭지법사를 동악에 계시는 큰스님이라 칭송한 것으로 보아, 이때 원효스님이 낭지법사를 얼마나 존경하며 가르침을 받았던가를 짐작할 수 있겠다.

6
의상과의 만남

그런데 바로 이무렵— 그러니까 원효스님이 낭지법사를 스승으로 존경하며 도를 구하고 있던 바로 이 영취산 반고사에서 원효스님은 또 한사람의 큰 인물을 만나게 되니, 바로 의상대사였다.

하루는 원효스님이 반고사에서 경을 읽고 있는데 방문 밖에서 누군가 부르는 소리가 들렸다.
"객승 문안드리옵니다, 객승 문안드리옵니다."
원효스님이 문을 열고 내다보니, 웬 젊은 승려가 서 있는 것이었다.
원효스님이 젊은 승려에게 물었다.
"어디서 오신 뉘신지요?"
"소승, 서라벌 황룡사에서 온 의상이라 하옵니다."

원효스님은 자리에서 일어서며 말했다.

"어서 오십시오. 원로에 고생이 많으셨겠습니다. 우선 안으로 들어오시지요."

그러나 젊은 스님은 선뜻 들어오지 아니하고 쭈뼛거리는 것이었다.

"저…… 한 가지 여쭈어 볼 말씀이 있사온데, 이 절에 혹시 효스님, 지스님이 계시온지요?"

느닷없이 젊은 승려가 효스님과 지스님을 찾자, 원효스님은 이상한 생각이 들었다.

"효…… 라면 소승이 바로 원효요, 지스님이시라면 낭지법사님이 계시긴 합니다만…… 왜 그러시는지요."

그러자 젊은 승려의 얼굴에서 반가움과 안도의 빛이 떠올랐다.

"아이구, 그러시옵니까요? 소승의 스승께서 효스님, 지스님을 영취산에 가면 만날 것이라 하여 이렇게 찾아온 길이옵니다. 먼저 인사부터 받으시옵소서!"

영취산 반고사에 처음 찾아온 의상이라는 승려가 효스님, 지스님을 찾는 것이었으니 이것은 참으로 이상한 일이 아닐 수 없었다. 원효스님은 궁금해서 그 젊은 의상이라는 승려에게 자초지종을 물었다.

"아니, 그런데 스님께서는 대체 이 영취산에 낭지법사님이 계신

걸 어찌 아셨으며, 아직 이름도 알려지지 아니한 이 원효가 있다는 것을 어찌 아셨단 말씀이십니까?"

"방금 전에도 말씀을 드린 바와 같이 소승은 서라벌 황룡사에서 안함스님을 은사로 출가득도했사옵니다."

"안함스님이라구요?"

"그렇습니다. 하온데 은사스님께서 얼마전 열반에 드시기 전에 소승을 불러 앉히시고는 이렇게 이르시는 것이었습니다."

"무엇이라고 말씀이십니까?"

"스승께서 이르시되— '옛부터 스승은 길을 가르켜 주는 분이요, 좋은 벗은 좋은 길을 이끌어 주는 것이니, 옛어른들도 반드시 좋은 선지식을 스승으로 삼고 벗을 삼았느니라. 너는 이제 남쪽으로 내려가면 영취산을 찾을 것이니, 그 영취산에 들어가 효스님을 도반으로 삼고, 지스님을 스승으로 삼아야 할 것이다.' 이렇게 당부하시는 것이었습니다."

"효를 도반으로 삼고, 지스님을 스승으로 삼으라고 말씀이십니까?"

"그렇사옵니다."

"허허, 그 스님 참으로 신통자재하신 스님이십니다 그려—."

"도가 아주 높으신 스님이셨으니까요."

"아무튼 반갑소이다. 우선 걸망부터 벗어놓으시고 이리 좀 앉도

록 하시오."

 의상스님은 그때까지 등에 걸머지고 있던 걸망을 내려놓았다.

 "고맙습니다. 자, 어이구…… 이렇게 걸망을 벗고 보니 양쪽 어깨가 하늘로 치솟는 것 같소이다 그려. 그러면 소승은 법당에 들러 부처님께 인사부터 여쭙고 오도록 하겠습니다."

 "그렇게 하시지요. 법당은 이쪽입니다."

 이렇게 해서 원효스님은 참으로 기묘한 인연으로 영취산 반고사에서 의상이라는 젊은 승려를 만나게 되었는데, 서로 통성명을 하고 세속나이를 말하고 보니, 의상이 원효보다 여덟 살이나 아래였다.

 "아이구 이거 소승이 스님보다 여덟 살이나 연하이니 앞으로는 사형으로 모시겠사옵니다."

 "아, 아니오. 사형은 내가 무슨 그럴 자격이 있겠소이까?"

 "아니옵니다. 일찍이 부처님께서도 이르시기를 불문에 들어온 사람은 나이 많은 이가 형이 되고, 나이 적은 사람이 아우가 되어 서로 존경하고 아끼라고 하셨습니다. 사형으로 모실 것이오니, 보살펴 주십시오."

 "허허, 이거 원…… 졸지에 내가 형 노릇을 다 하게 되다니요."

 "말씀부터 낮추셔야 사형사제간의 도리에 합당할 것이옵니다."

 "그, 그렇던가…… 허허, 이것 참…… ."

"원효 형님!"

"의상 아우님!"

"반갑사옵니다, 형님!"

"반갑네, 아우!"

두 사람은 서로 두 손을 꼭 쥐고는 큰 소리로 웃었다.

"하하하하……."

"허허허허……."

잠시후, 원효스님이 친근한 말투로 의상스님에게 말했다.

"자, 그럼 낭지법사께 인사부터 여쭈러 가도록 하세."

"그러십시다요."

그러나 원효스님은 의상을 데리고 낭지법사의 움막으로 가면서도 내심 은근히 걱정이 되는 것이었다. 낭지법사가 어찌나 차고 근엄한 분이신지 당장 의상에게 돌아가라고 불호령을 내리시면 어찌하나 근심이 되는 것이었다.

원효와 의상이 낭지법사께 예를 갖추고 나란히 꿇어앉은뒤, 원효스님이 자초지종을 말씀드렸다. 다 들으신 낭지법사는 의상에게 물었다.

"의상이라고 그랬느냐?"

"예."

"너의 스님은 어느 분이셨던고?"

"예. 황룡사에 주석하시던 안자, 함자, 안함 큰스님이셨사옵니다."

"오! 안함이라면 얼마 전에 세상을 뜬 바로 그 안함 말이더냐?"

낭지법사님이 의상의 스승을 아신다는 사실에 원효대사는 반가와 얼른 의상 대신 대답을 하였다.

"예, 그렇다고 하옵니다."

"쯧쯧쯧! 권세만 가까이 아니 했어도 큰 물건 노릇을 하였을 터인데…… 그것이 참으로 애석한 일이로다."

낭지법사님의 말씀에 의상이 여쭈었다.

"하오시면 법사님께옵서도 우리 안함스님을 알고 계셨사옵니까?"

"알고 있었지. 경에도 밝고 열심이었느니라. 살림 사는 맛에 재미를 붙이더니 결국에는 권세까지 누리느라고 큰 중 노릇 못한 게 애석한 일이야……"

원효스님은 낭지법사의 얼굴을 조심스럽게 쳐다보며 부탁했다.

"이 의상이 소승보다 여덟 살 아래라, 사형사제하기로 했사옵니다만…… 스님께서 허락해 주실런지요?"

"원효가 형이 되고 의상이 아우가 된다?"

"그렇사옵니다."

"하나는 산으로 가고, 다른 하나는 강으로 갈 것이니라."

"무슨…… 말씀이시온지요, 스님?"
"아니다. 산으로 가건, 강으로 가건, 원래는 한 뿌리이니 상관할 것 없느니라."
"하오시면 스님께서는 허락해 주시는 것이옵니까?"
"이것 한가지만 명심해야 할 것이다."
"예."
"개천이 흘러들고 강이 흘러들고 하천이 흘러들어도 바닷물은 결국 한맛이니라."
"예, 스님."
두 사람은 얼른 대답하였다.
"하늘은 높아 보이고 땅은 얕아 보이되 결국은 천지가 동그랗니라."
"예, 스님. 명심하겠사옵니다."
"손가락은 다섯이로되 손바닥은 하나이니라."
"예, 스님. 명심하겠사옵니다."

원효스님은 의상과 더불어 낭지법사로부터 법화경의 강설을 들어 법화경에 담긴 뜻을 꿰뚫어 알게 되었다.
"부처님께서 법화경 약초유품을 통해 과연 무슨 설법을 내려주셨던고?"

원효가 대답하였다.

"예, 하늘에서 내리는 비가 산하대지 산천초목에 차별을 두지 아니하고 골고루 내리듯이 부처님의 자비도 모든 중생들에게 차별없이 베푸심을 말씀하셨사옵니다."

"그러면 게송으로 한번 읊어볼 수 있겠느냐?"

"예."

원효스님은 게송을 읊기 시작하였다.

"골고루 내리는 단비
사방으로 다같이 오며
한량없이 내리어서
온국토에 흡족하니
산과 강 험한 골짜기
같은 데서 나서 자라는
초목과 숲과 여러 약초와
큰 나무와 작은 나무들
온갖 곡식의 싹
사탕무, 고구마, 포도,
비가 축여주니
풍성하게 모두 자라고
가물던 땅 고루 젖어

약초와 나무가 무성하니
저 구름에서 내리는
한결같은 비를 맞아
돌과 나무 수풀들이
분수따라 축여지고
여러 가지 나무들과
큰 풀, 중간 풀, 작은 풀
크고 작은 성질대로
제각기 성장할세
뿌리, 줄기, 가지, 잎새
꽃과 열매 빛과 모양
한결같은 비를 맞아
싱싱하고 윤택하고
제대로의 체질과 모양
크고 작은 성품대로
제대로 크는구나
같은 비로 적시는데
무성하긴 각각 달라
부처님 자비법도
이 이치와 똑같구나."

낭지법사가 흡족한 표정으로 원효의 말을 막았다.

"그만, 그만 되었느니라. 똑같은 비가 똑같은 땅에 내리건만 어찌하여 어떤 풀은 키가 작고, 어떤 풀은 키가 크던고?"

이번에는 의상이 대답하였다.

"예. 똑같은 비이지만 제 성품이 각각이라 그러한 줄 아옵니다."

"그렇다. 똑같은 물이지만 소가 마시면 우유가 되고 독사가 마시면 독이 되는 것과 같나니, 부처님은 자비설법을 골고루 다 나누어 주셨건만, 어떤 사람은 그 설법을 듣고 선근을 심어 선과를 얻고, 어떤 사람은 악과를 심어 악과를 만나게 되느니라. 내 말 알겠느냐?"

"예, 스님. 잘 알겠습니다."

원효와 의상은 나란히 답하였다.

원효스님이 영취산에서 낭지법사로부터 몇년동안이나 가르침을 받았는지 그 햇수는 정확히 기록되어 있지 아니하니 더이상 자세히는 알 길이 없다.

하루는 낭지법사가 원효와 의상을 불러 앉혔다. 멀리서 뻐꾸기 소리가 들려왔다.

"너희들은 저 뻐꾸기 소리를 듣고 있느냐?"

"예."

"멀리서도 잘 들을 수 있는 새소리는 뻐꾸기가 제일이니라. 허나 가까이서 가장 고운 새소리는 과연 무엇이던고?"
"소승의 생각으로는 가까이서 고운 새소리는 꾀꼬리 소리인가 하옵니다."
원효가 대답하였다.
"그렇다. 그리고 이른 초봄에는 어떤 꽃이 제일이더냐?"
의상이 대답하였다.
"예, 백설분분할 적의 매화인가 하옵니다."
"허면 찬서리 내릴 적에는 무슨 꽃이 제일이던고?"
"예, 찬서리 내릴 적에는 국화가 으뜸인줄로 아옵니다."
"그래. 세상만사가 다 그와 같다. 연장 만드는데는 대장장이가 으뜸이요, 농사짓는 데는 농부가 으뜸이다. 그리고 부처님의 법 가운데도 내가 능한 것이 있고 능치 못한 것이 있나니, 너희들은 이제 걸망을 짊어지고 이 영취산을 떠나야 할 때가 되었느니라."
"하오면 어디로 가라시는 분부이신지요, 스님?"
"열반경, 유마경을 통달하려면 너희들은 은밀히 국경을 넘어 백제땅으로 들어가야 할 것이다."
원효스님과 의상스님은 흠칫 놀라면서 낭지스님을 쳐다보았다.
"백제땅으로 들어가라 하오시면……?"
"고구려에 계시던 보덕화상께서 부처님의 정법을 펴시고자 백제땅으로 넘어가 계신다."

원효스님이 물었다.

"그곳이 대체 어디쯤인지요?"

"완산주 고달산을 찾아가면 보덕화상을 만나뵐 수 있을 것이니 너희들은 보덕화상을 찾아뵙고 열반경과 유마경을 배워야 할 것이다."

의상이 걱정스럽게 물었다.

"하오나 스님, 백제는 우리의 적국이 아니옵니까?"

"이것들 보아라."

"예, 스님."

"부처님의 법에는 적국이 없다. 일찍이 부처님께서는 생명이 있는 모든 중생을 아끼고 사랑하라 이르셨느니라. 짐승은 물론이요, 심지어는 벌레 한 마리까지도 죽이지 말라 이르셨거늘 하물며 사람임에야, 적국이 어디 있겠느냐?"

"알겠사옵니다, 스님. 저희들은 스님의 분부를 따를 것이옵니다."

원효스님이 대답하였다.

"장하다! 이 길로 바로 백제땅 완산주 고달산으로 가거라. 거기 가면 보덕화상이 반가이 맞아줄 것이니라."

"하오면 스님은 언제 또 뵈올 수 있을런지요?"

"법을 보았거든 그것으로 족할 것이지, 이 늙은 중 얼굴을 다시 보아 어디다 쓸것이냐? 자, 이제 그만 떠나도록 하여라."

원효스님과 의상스님은 목이 메어 아무 말도 못하고 한참동안을 그저 고개만 숙이고 있을 뿐이었다.

7
극락과 지옥이 따로 있겠는가

경상도 양산 영취산에서 낭지법사께 하직 인사를 올린 원효스님은 그 길로 반고사로 내려와 걸망을 챙기기 시작하였다. 그것을 보고있던 의상스님이 물었다.

"아니 형님, 형님께서는 참으로 백제땅으로 들어가실 작정이십니까요?"

"법사님께서 그리하라 분부를 내리셨으니 따르는 것이 제자된 도리가 아니겠는가?"

"그, 그렇기는 합니다만, 백제는 우리 신라의 원수 나라인데, 들어가다가 순라군들한테 붙잡히면 무사하지 못할 것이 아니옵니까?"

"자네는 그러면 무사태평하기를 바라고 삭발출가 하셨더란 말이신가?"

"그, 그건 아닙니다마는……."

"옛날 부처님께서는 도를 구하기 위해 설산고행도 마다하지 아니하셨거늘 그까짓 순라군이 무서워서 법을 구하지 아니한다면 감히 어찌 출가 대장부라 이를 것인가? 자네가 가기 싫다면 나 혼자 떠날 것이니 그리 아시게."

의상스님은 황급히 원효스님의 말을 막았다.

"아, 아니옵니다 형님. 소승도 응당 형님을 따라가야지요."

"그럼 어서 서둘러 걸망을 챙기시게. 여기서 백제땅은 칠백 리 길이라네."

"아, 예. 서둘러 챙길 것이오니 잠시만 지체하여 주십시오."

이렇게 해서 원효스님은 의상과 함께 걷고 걸어서 산을 넘고 강을 건너 엿새만에 백제땅으로 들어섰는데, 이때만해도 국경경비가 삼엄했던 시절이라 두 스님은 낮에는 산속에 숨어서 쉬고, 밤이면 발길을 재촉해서 보덕화상이 머물고 계신다는 백제땅 완산주 고대산을 찾아 다녀야 했다.

하루는 한밤중에 산속길을 급히 걷는데, 그날따라 산짐승 우는 소리가 유난히 크게 들려왔다. 원효스님의 뒤를 바짝 쫓아가는 의상스님의 등줄기로 식은땀이 흘러내렸다.

"아이구 형님, 제발 천천히 좀 가십시다요. 이거 원, 숨이 차서

따라가질 못하겠습니다요."

"허허, 이사람 이거 낮에 그렇게 쉬어놓고도 숨이 차단 말인가?"

"아이구, 아이구 숨차. 형님께선 대체 발바닥에 날개라도 달고 계십니까요? 아이구, 아이구 숨차!"

"이런 사람하고는…… 자, 그럼 잠시 쉬었다 가도록 하세."

"죄송합니다, 형님. 그런데 말씀입니다요 형님, 세속에 있을 적에는 세상살기가 참으로 힘들다했더니만 산속에 들어와서 도를 닦아 보니 도닦기가 왜 이리 힘듭니까요?"

"이것 보게, 의상."

"예."

"자네, 아주 편하게 되는 법을 알고 싶으신가?"

"편하게 되는 법이라니요?"

"힘들지도 아니하고, 숨차지도 아니하고, 땀도 나지 아니하고, 어디 그뿐인가? 근심 걱정 괴로움도 다 없어지는 법이 있다네."

"그게 대체 무슨…… 법인데요?"

"이 사람 의상! 뜀박질을 하는 것보다는 휘적휘적 천천히 걸어가는 게 더 편한 법이네."

"그, 그야 그렇습지요."

"그리구 천천히 걸어가는 것보다는 이렇게 땅바닥에 앉아있는 게 더 편하지. 그렇지 아니한가?"

"그야…… 그렇습니다만……."
"이렇게 땅바닥에 앉아있는 것보다는 누워있는 게 더 편하다네."
"뜀박질보다는 걷는 게 편하고, 걷는 것보다는 앉는 게 편하고, 앉는 것보다는 누워있는 게 편하고……."
"그냥 누워있는 것보다는 사르르 잠드는 게 편하고, 잠자면서 악몽에 시달리는 것보다는 차라리 그대로 이 세상 뜨는 게 편하다네."
원효스님의 말을 듣던 의상스님은 기가 막혔다.
"예에? 아니 그러면 형님, 소승더러 이 세상을 아주 떠나라는 말씀이십니까?"
"힘들다는 소리, 힘들다는 생각을 버리란 말일세. 편한 것만 찾으려면 죽는 게 상책이라네."
원효스님의 말에 의상스님은 고개를 끄덕였다.
"과연 그렇습니다, 형님. 좋은 법문 내려주셔서 고맙습니다."
옷에 묻은 흙을 툭툭 털어내며 일어선 원효스님이 말했다.
"자, 이제 그만 일어서시게. 여기 더 앉아있다가는 저 산짐승들이 우리들을 편한 세상으로 데려가겠어."
원효스님의 말에 의상은 기겁을 하며 벌떡 일어서서는 급히 원효스님의 뒤를 따랐다.
"아, 아이구 형님. 같이 가십시다요."

　원효스님은 의상과 함께 밤새도록 걸어서 다음날 새벽에는 산밑 외딴집으로 가고 있었다. 음식을 좀 얻어먹을 생각에서 외딴집 쪽으로 걸어가고 있는데 느닷없이 저쪽 산모퉁이에서 웬 군졸 하나가 말을 달려 쫓아오는 것이 아닌가?
　"꼼짝 말고 게 섰거라."
　원효스님이 돌아서서 군졸을 향하여 합장하며 말했다.
　"보시다시피 저희는 출가수행자이옵니다만 어인 일로 이러시는 지요?"
　군졸은 의심스런 눈초리로 원효스님과 의상스님을 자세히 살펴보았다.
　"무엇이라구? 출가수행자라구?"
　의상스님이 말했다.
　"예, 저희들은 이 마을 저 마을 돌아다니면서 수행을 하는 출가사문의 신분이옵니다."
　"듣기싫다! 그동안 영악스런 신라 첩자들이 승복으로 변복한채 우리 땅에 들어와서 염탐하고 다녔거늘 내가 그걸 모를줄 아느냐?"
　"아, 아니옵니다. 저희들은 참으로 염탐꾼도 아니오, 첩자들이 아니오라……."
　"듣기싫다. 꼼짝말고 가만히 있거라. 만일 내 명을 어기고 한 발짝이라도 움직이는 날에는 이 칼로 요절을 내고 말 것이니라!"
 "아, 아이구 글쎄 저희들은 보시다시피 염탐꾼이 아니오라……."
 의상스님이 아무리 얘기를 해도 군졸은 도대체 믿지를 않았다.
 "입 닥쳐라! 염탐꾼인지 아닌지는 엄히 문초하면 밝혀질 것이다!"
 원효, 의상 두 젊은 스님은 별수없이 백제 군졸의 오랏줄에 묶여 끌려가는 신세가 되었다.
 문초를 하는 군졸이 두 스님을 향하여 몽둥이로 쿵쿵 땅바닥을 치며 물었다.
 "너희 두 놈은 신라에서 숨어 들어온 첩자임이 분명하렷다?"
 원효스님이 말했다.
 "신라에서 숨어 들어온 것은 사실이오마는 첩자는 아니올시다."
 "허허, 이놈 보게! 제 입으로 신라에서 숨어 들어온 게 사실이라고 하면서도 첩자가 아니라니?"
 "소승은 신라땅 영취산 반고사에서 불도를 닦던 원효이옵고……."
 "소승은 의상이라는 승려임이 분명합니다."
 군졸은 도대체 알 수가 없다는 표정으로 원효스님과 의상스님을 한참동안 쳐다보다가 다시 물었다.
 "그러면 대체 너희들은 무슨 연고로 우리 백제땅 안으로 숨어

들어왔더란 말이냐?"

 "백제땅 완산주에 가면 고대산이 있을 것이요, 그 고대산 경복사에 가면 보덕화상이라는 도인스님이 계신다 하기로 그 도인스님을 스승으로 모시고 불도를 닦고자 찾아가는 길이오."

 "허허, 세상에…… 이런 고약한 것들을 보았는가! 여기가 감히 어딘줄 알고 허언(虛言)을 농하여 속이려 하는고?"

 의상이 다급히 말했다.

 "아니옵니다. 저희 출가사문은 삭발출가하여 득도할 적에 이미 부처님 전에 살생을 아니하고 거짓말을 아니하기로 굳게 맹세한 바 있거늘 감히 어찌 허언을 농하는 일이 있을 수 있겠습니까?"

 "그러면 정녕 너희들은 신라첩자가 아니고 승려 신분이란 말이더냐?"

 "저희들의 승려 신분이 미덥지 아니 하시거든 완산주 고대산으로 저희들을 끌고가서 보덕화상으로 하여금 저희들을 엄히 시험케 하시면 저절로 저희 신분이 드러날 것입니다."

 원효스님의 말에 군졸들은 고개를 끄덕이는 것이었다.

 "좋다! 그러면 너희들을 고대산 경복사로 압송하여 보덕화상으로 하여금 엄히 문초케 할 것이로되, 만일 승려의 신분이면 목숨을 살려줄 것이요, 승려의 신분이 아니라면 그때는 능지처참을 면치 못할 것이니라."

그날밤 원효스님과 의상스님은 통나무로 된 우리 안에서 하루밤을 갇혀 지내게 되었다. 다음날 날이 밝으면 완산주 고대산으로 압송될 형편이었다.

의상스님이 잠을 못자고 이리 뒤척 저리 뒤척이다가 조그맣게 원효스님을 불렀다.

"원효 형님, 주무십니까요?"

"아닐세, 아직 잠이 오질 아니 하는구먼."

"대체 이 일을 어찌하면 좋겠습니까요?"

"무엇을 말이신가?"

의상스님이 답답하다는듯 말했다.

"아, 지금 우리는 백제 군사에게 붙잡혀 죽음을 기다리는 신세가 아닙니까요?"

그러나 원효스님은 느긋한 목소리로 말하는 것이었다.

"걱정할 것 조금도 없으이."

"아, 내일 날이 밝으면 당장 또 오랏줄에 묶여서 끌려갈 것인데 걱정할 일이 조금도 없다니요?"

"이 사람, 자네는 흉이 복이 된다는 말도 들어보지 못했던가?"

"무슨…… 말씀이십니까요?"

"우리가 백제군사에게 붙잡힌 게 오히려 잘되었다는 말일세."

"예에? 아니 이렇게 붙잡힌 게 오히려 잘된 일이라니요?"

"우리가 붙잡히지 아니했으면 지금쯤 또 산길을 걸어가느라고 죽을 고생을 하고 있었을 것이 아닌가?"

"원 참 형님두, 그렇다고 이렇게 붙잡힌 게 잘된 일은 아니지 않습니까요?"

"이 사람아, 붙잡히지 아니했으면 완산주가 어디 있는지, 고대산이 어디 있는지 그걸 수소문 해가면서 숨어서 가야 했을 것이니 고생이 오죽할 것인가? 허나 이제 우리를 저 백제 군사들이 곧바로 고대산 경복사로 데리고 갈 것이니, 그 덕분에 보덕화상을 빨리 뵈옵게 될것이 아니겠는가?"

원효스님의 말에 의상은 고개를 끄덕였다. 그러나 또 한편으로는 다른 걱정이 앞서는 것이었다.

"그, 그건 그렇겠습니다마는, 혹시 말씀입니다요…… 그 보덕화상이 우리를 보고 '이 자들은 승려가 아니고 신라의 첩자들이다.' 이렇게 말해버리면 그땐 우리는 영락없이 죽은 목숨이 아니겠습니까요?"

의상스님이 울상을 지으며 이렇게 말하자, 원효스님은 빙그레 웃음을 지었다.

"그야, 그렇게 말해버리면 꼼짝없이 능지처참을 당하게 되겠지."

"만일, 만일…… 그런 일을 당하면 그땐 대체 어찌하실 겁니까요?"

"어찌하긴 뭘 어찌한단 말인가? 갈 때가 되었구나 하고 눈이나 감아야지. 음? 허허허허……."

원효스님이 웃음을 터뜨리자, 의상스님은 기가 막히다는 듯이 원효스님의 얼굴을 쳐다보는 것이었다.

"어이구 참 형님두, 아 그게 어디 웃을 일입니까요, 예?"

"이 사람아, 부처님께서 하신 말씀을 벌써 잊으셨는가?"

"무슨…… 말씀 말이십니까요?"

"어제는 이미 지나갔고, 내일은 아직 오지 아니했으니, 지나간 일에 집착하지 말 것이요, 오지 않은 내일 일을 걱정하지 말라고 그러셨네."

"형님은 정말로 걱정이 아니되십니까?"

"내일 날이 밝으면 우리는 다시 오랏줄에 묶여 끌려가게 될 걸세."

"그야 정해진 일이지요."

"그런데, 우리를 끌고가는 도중 산속에서 말일세, 배고픈 호랑이를 만나게 되면 백제 군사도 우리도 어김없이 호식을 당하고 말걸세. 그렇지 아니하겠는가?"

"원 참 형님두…… 하필이면 왜 그런 불길한 생각을 하십니까요?"

"내일 일을 걱정하자면 그런 걱정도 해두어야 할 것이야."

"에이 참, 무슨 말씀이신지 이제야 알았습니다요. 그러니까 쓸데없는 걱정을 미리 해가지고 속을 끓이지 마라, 그런 말씀이시지요?"

"내일 먼길을 가려면 오늘밤에는 잠이나 편히 자두는 게 좋을 것이야."

다음날 원효스님과 의상스님은 백제 군사들에게 포박당한 몸이 되어 완산주 고대산 경복사로 끌려가게 되었다.

이 당시 고대산 경복사에는 고구려에서 망명해온 보덕화상이 머물고 계셨다.

원효스님과 의상스님은 경복사에 당도하여, 백제 군사들이 지켜보는 가운데 보덕화상으로부터 여러 가지 질문을 받게 되었다.

"그대들은 신라땅에서 은밀히 숨어 들어왔다고 했거늘, 그것이 사실이던가?"

"예, 그렇사옵니다."

"내가 그대들에게 신라의 첩자냐고 물으면 아니라고 대답 할 것이요, 신라의 승려냐고 물으면 그렇다고 대답 할 것인즉 그런 물으나마나한 물음은 아니 함만 못할 것이야."

"하오나, 스님……"

원효스님이 무슨 말인가를 하려 하자, 보덕화상은 주장자를 들어 쿵쿵 내리치면서 말했다.

"허허, 내가 아직 묻지도 아니했거늘 어찌 감히 허튼 소리부터 늘어놓으려 하는고?"

"잘못되었습니다, 용서하십시오."

"그대들은 지금 극락으로 갈것이냐, 지옥으로 갈것이냐, 갈림길에 서 있거늘, 과연 그대들은 어디로 가고 싶은고?"

"예, 소승들은 마땅히 극락으로 가고자 원하옵니다."

"그대는 분명히 극락으로 가고자 한다고 대답하였는가?"

"그러하옵니다."

"그러면 내가 물을 것이다! 극락은 과연 어느 쪽에 있고, 지옥은 과연 어느 쪽에 있느냐, 동쪽에 있느냐 서쪽에 있느냐 남쪽에 있느냐 북쪽에 있느냐?"

"예, 극락과 지옥은 동쪽에도 없고 서쪽에도 없사옵니다."

"그러면 남쪽과 북쪽에 있다는 말이더냐?"

"아니옵니다, 극락과 지옥은 남쪽에도 없고 북쪽에도 없사옵니다."

"허허, 지금 이 자리가 감히 어떤 자리라고 언설을 농하여 나를 놀리려 드는고? 동쪽에도 없고 서쪽에도 없고 남쪽에도 없고 북쪽에도 없다고 했겠다? 허면 대체 극락과 지옥은 어디에 있다는 말이더냐?"

"예, 극락과 지옥은 지금 스님의 입 안에 있사옵니다."

"무엇이? 극락과 지옥이 내 입 안에 있다?"

"그렇사옵니다."

원효스님이 대답하자, 보덕화상은 갑자기 진노하여 큰소리로 야단을 쳤다.

"네 이놈! 너는 지금 생사의 기로에 서 있거늘 감히 어찌 입을 함부로 놀려 죽음을 재촉하려 드는고?"

그러나 원효스님은 눈 하나 깜짝이지않고 태연하게 말하는 것이었다.

"스님, 저희들은 지금 신라의 첩자라는 누명을 쓰고 생사의 기로에 서 있사옵니다. 바로 이러한 때에 스님께서 사람을 살리는 말씀을 하시면 극락을 지으실 것이요, 사람을 죽이는 말씀을 하시면 지옥을 지으실 것이니, 어찌 극락과 지옥이 따로 있겠사옵니까?"

"뭐라? 극락과 지옥이 어찌 따로 있겠느냐."

잠시후 보덕화상은 만면에 웃음을 지으며, 주장자로 바닥을 쿵쿵 내리쳤다.

"정녕 대답을 그리 했느냐?"

"그러하옵니다."

"여보시게, 군관!"

"옛, 스님!"

옆에서 지켜보던 백제 군사들이 얼른 대답을 하였다.

"이 두 사람을 풀어 주시게!"
"예에? 풀어주라구요?"
"이 사람들은 어김없는 부처님의 제자들일세!"
백제 군사들은 두 사람을 풀어주라는 보덕화상의 말에 어이가 없는듯 자기들끼리 서로 쳐다보기만 할뿐, 감히 반론을 내지 못하였다.

8
부처님 정법을 나누어 쓰세나

 부처님의 정법을 널리 전하기 위해 조국 고구려를 버리고 백제로 망명해온 보덕화상은 당시 백제사회에서 막강한 영향력과 존경을 받고 있었으니 보덕화상의 말씀 한 마디에 원효스님과 의상스님은 자유의 몸이 되었다.
 원효스님과 의상스님은 보덕화상에게 감사의 인사를 올렸다.
 "저희들을 구해주셔서 참으로 고맙습니다, 스님."
 "그래 대체 무슨 일을 하자고 백제땅에 숨어들어왔단 말이던가?"
 "예, 저희들은 스님 문하에서 법을 구하고자 들어왔사옵니다."
 "나한테 법을 구하러 왔다?"
 "그렇사옵니다."
 "잘못 오셨구먼……."

"예에? 잘못…… 왔다니요, 스님?"
"양식이나 의복을 구하러 왔다면 조금은 나누어줄 수 있겠네마는 나에게는 나누어줄 법이 없네."
"하오나, 스님!"
보덕화상은 주장자로 바닥을 쿵쿵 치면서 큰소리로 말했다.
"이 사람들, 내말 명심해서 듣게!"
"예, 스님."
"법은 스스로 닦아 스스로 지녀야지, 어느 누구도 또, 어느 누구에게나 나누어 주는 것이 아닌게야."
"어리석은 중생, 아직도 눈 어둡고 귀 어두우니 부디 스님께서 가르침을 베풀어 주십시오."
"부처님께서 이르시기를 자등명 법등명하라 하셨으니 스스로를 등불로 삼고, 진리를 등불로 삼을 것이요, 결코 다른 것에는 의지하지 말게."
"감로법문 내려 주셔서 고맙습니다. 부디 오래오래 스님 모시고 가르침을 받도록 허락하여 주십시오."
"그대들은 며칠을 걸어서 여기까지 왔던고?"
"예, 오늘까지 꼭 여드레가 걸렸사옵니다."
"그러면, 이 고대산에서 여드레만 쉬었다가 고향으로 돌아가시게."

"알겠사옵니다. 스님 분부대로 따르겠습니다."

원효스님은 대답했으나, 의상스님이 막무가내로 고집을 피웠다.

"아니옵니다, 스님. 저희들은 죽음을 무릅쓰고 밤낮으로 여드레 걸려 여기까지 왔사옵니다. 단 한철만이라도 머물도록 허락하여 주시지요."

"아니될 소리! 내일 아침에 당장들 떠나도록 하게!"

다음날 아침 원효스님은 걸망을 챙겨 떠날 채비를 해놓은 뒤 경복사 앞 개울로 나가 바가지에 자갈을 가득 담는 것이었다. 의상스님이 궁금해서 원효스님에게 물었다.

"아니, 원효 형님! 대체 그 자갈은 어디에 쓰려고 그렇게 줍는 겁니까?"

"긴히 쓸 데가 있으니 그리 알게나."

"설마 이 무거운 자갈을 걸망에 담아 가지고 가려는 것은 아니겠지요?"

"글쎄 곧 알게 될것이니 얼굴 닦았거든 법당에 들어가서 예불 드리고 보덕스님께 하직인사나 드리고 떠나도록 하세나."

"그러십시다요."

원효스님과 의상스님은 함께 예불을 드린뒤 보덕화상께 하직인사를 올리러 들어갔다. 그런데 원효스님은 보덕화상께 하직인사를 올린뒤 바가지에 가득 담긴 자갈을 보덕화상 앞에 바치는 것이었다.

"이 자갈을 스님께 바치옵니다."

"자갈을 나한테 바치고 간다?"

"그렇사옵니다."

"대체 어디다 쓰라는 자갈이던고?"

"두고두고 삶아서 드시면 좋을 것이옵니다."

"무엇이라구? 두고두고 삶아서 먹으라?"

"그렇사옵니다."

"허허허, 일찍이 부처님께서는 모래를 삶아 밥을 지으려는 어리석은 사람의 비유를 드신 일은 있었네마는 자갈을 삶아 먹으라는 말은 처음 듣는구면."

"양식은 밥을 지어 먹어야 양식일 것이요, 부처님의 정법은 나누어 주고 전해 주어야 정법일 것이옵니다. 하오나 스님께서는 양식 줄어드는 것을 염려하시고, 부처님 정법이 줄어들까봐 근심하시기에 소승 감히 줄어들지 아니하는 자갈을 바치는 것이옵니다."

"허허허허…… 그대의 눈이 어지간히 밝으이 그려…… 자, 그러면 오늘 아침부터는 우리 함께 양식도 축내고 부처님 정법도 나누어 쓰도록 하세나."

보덕화상의 말에 의상스님은 얼굴이 밝아져 다시 물었다.

"정말이시옵니까요, 스님? 정말로 저희들을 거두어 주시겠습니까요?"

그날부터 원효스님은 의상스님과 함께 백제땅 완산주 고대산 경복사에서 보덕화상을 모시고 열반경과 유마경을 부지런히 배우며 수행하였다.

"자, 그러면 오늘은 열반경 성행품을 보도록 하자."

보덕화상은 원효스님과 의상스님을 앞에 앉힌 후, 책장을 넘기시며 이것저것 여러 가지를 물으셨다.

"부처님께서는 카샤파를 불러 앉히시고 죽는 것이 어떤 것인지 말씀하셨다. 대체 무슨 말씀을 하셨는지 의상이 한번 답해 보아라."

"예. 부처님께서 카샤파에게 이렇게 이르셨습니다. '카샤파야 잘 들어라. 죽음이란 험난한 길에 노잣돈이 없는 것과 같고, 갈 길은 먼데 길동무가 없고, 밤낮으로 가도 끝을 알 수 없는 아득한 길과 같고, 어두운 길에 등불이 없고, 들어갈 문은 없는데 집만 있는 것과 같고, 아픈 데가 있어도 치료할 수가 없는 것과 같으니 죽음이란 이와같이 괴로움이니라.'"

"그래, 부처님께서는 그렇게 설법하시고 이어서 애욕을 경계하셨거늘 과연 무엇이라 말씀하셨는고? 이번에는 원효가 답해 보아라."

"예. 부처님께서는 왕이 거동하면 신하가 따라가듯이 애욕이 가는 곳에는 반드시 미혹이 따른다고 경계하셨으니, 습한 땅에는 잡초가 무성하듯이 애욕의 땅에는 번뇌와 잡초가 무성하다 경계하셨습니다."

"그래. 부처님께서 또 덧붙여 말씀하시기를, 애욕은 나찰(羅刹 ; 불교에서 이르는 악귀의 한 가지)의 딸과 같아서 아이를 낳는대로 다 잡아먹고, 마침내는 제 남편까지도 잡아먹는다고 경계하시고, 애욕은 꽃밭에 숨은 독사와 같으니, 어리석은 사람들이 꽃밭에 독사가 있는 줄도 모르고 꽃을 욕심내어 꽃을 꺾다가 결국은 독사에게 물려 죽듯이, 이 세상 어리석은 중생들은 오욕락의 꽃을 탐내다가 바로 그 오욕락의 독으로 죽게된다고 이르셨다. 그러면 대체 부처님께서는 보살이 어떤 마음을 지녀야 올바른 행을 갖춘다고 이르셨더냐?"

"예. 보살이 바른 행을 갖추려면 이 세상 모든 중생을 사랑하고, 가엾이 여기고, 이 세상 모든 중생과 함께 기뻐하며, 이 세상 모든 중생들을 위해 자기의 모든 것을 버리는 마음을 지녀야 한다고 이르셨사옵니다."

"허면, 이번에는 원효가 대답해야 할 것이니, 어쩐 까닭으로 부처님께서는 네 가지 마음을 지녀야 한다고 이르셨느냐?"

"예. 이 세상 모든 중생을 사랑하는 사람은 탐욕을 끊게되고, 이

　세상 모든 중생을 가엾이 여기는 사람은 성내는 일을 끊게되며, 이 세상 모든 중생과 기쁨을 함께 하는 사람은 모든 괴로움을 끊게되고, 이 세상 모든 중생을 위해 자기 것을 모두 버리는 사람은 탐욕과 성냄과 차별두는 마음을 버리게 되나니, 이 네 가지 그지없는 마음은 모든 착한 일의 근본이 된다 하셨습니다."
　"그렇느니라. 보살이 가난한 사람을 만나지 못하면 사랑하는 마음, 가엾이 여기는 마음을 낼 인연이 없으니, 만일 가난한 사람을 만나면 다시없이 좋은 인연으로 여겨 사랑하고 가엾이 여기고 내 것을 버려서 착하고 바른 행을 지어야 할 것이다."

　원효스님과 의상스님이 젊은 시절에 멀리 국경을 넘어 백제땅, 그러니까 지금의 전주 근처에 있는 고대산 경복사에서 보덕화상으로부터 열반경과 유마경을 배웠다는 대목이 삼국유사에 분명히 기록되어 있지만, 구체적으로 얼마동안 머물렀는지는 밝혀져 있지 않다. 다만, 열반경과 유마경을 제대로 배워 마치자면 최소한 2, 3년은 보덕화상 밑에서 공부했던 게 아닐까 짐작만 해볼 뿐이다.

　그러던 어느날 하루는 보덕화상이 원효스님과 의상스님을 불렀다.
　"부르셨사옵니까, 스님."

"그래. 내가 그대들을 불렀네."
"분부 내리시지요, 스님."
보덕화상은 원효와 의상을 한번씩 쳐다보시더니 말씀하셨다.
"듣자하니 세상 돌아가는 꼴이 어수선 하구먼."
"무슨…… 말씀이신지요, 스님?"
보덕화상은 얼른 대답하지 않으시고 눈을 들어 먼 산을 한참동안 쳐다보시다가 입을 떼었다.
"나는 고구려 백성으로 고구려에서 살다가 연개소문이 도교를 끌어들여 우리 사찰을 도교의 교당으로 삼는 것을 보고 더 이상 견딜 수가 없어서 나라를 버리고 이곳 백제땅으로 옮겨왔네."
"예, 그것은 저희들도 잘 알고 있사옵니다."
"삭발출가하여 득도한 사람은 이미 속가뿐 아니라 속세를 떠난 몸이니 다 같은 불제자일뿐, 소속된 나라가 따로 있겠는가마는 요즘 세상 돌아가는 것이 심상치가 않아."
"백제와 신라와 고구려가 더욱 빈번히 싸움을 하고 있다 그런 말씀이시지요?"
"그래. 이쪽에서 성 하나를 빼앗으면 저쪽에서는 성 두개를 쳐서 빼앗으려 들고, 이쪽 백성이 열 명 죽으면 저쪽 백성은 백 명을 죽이려드니 이래가지구서야 어느 세월에 지옥세상을 면하겠는가?"
의상스님이 물었다.

"스님, 이런 난세에 저희 출가수행자는 과연 어떻게 세상을 살아야 옳겠는지요?"

"부처님의 가르침을 세상에 널리 전하도록 하게. 원한은 원한으로써 사라지지 아니하나니, 원한은 오직 자비로써만 사라질 것이야."

이번에는 원효스님이 물었다.

"하오면 전쟁없는 세상을 이루려면 대체 어찌해야 옳겠습니까?"

"그대들도 알다시피 사방팔방에 핏자국이 낭자해. 헌데 모두들 이쪽이나 저쪽이나 그 핏자국을 피로써만 씻으려드니 더 많은 피를 흘리게 되는게야. 어느 한쪽에서든 원한을 버리고 핏자국을 물로써 씻어버리는 날이 와야 할 것인데 말씀이야."

보덕화상의 말씀이 끝나자, 의상스님이 말했다.

"따로 분부하실 일은 더 없으신지요?"

"그대들은 오늘밤 걸망을 챙겨두었다가 내일 아침에는 그대들의 고향으로 돌아가시게."

원효스님이 말했다.

"한 철만 더 모시면 아니될런지요?"

"싸움이 더 커지면 그대들이 공연히 화를 입게 될 것이니, 세상이 더 나빠지기 전에 떠나는 게 좋을 것이야."

"알겠사옵니다."

"하오시면, 마지막으로 당부하실 말씀을 내려 주십시오."

"내가 따로 전할 말이 무엇이 있겠는가? 부처님의 마지막 당부를 명심하도록 하시게. 부처님께서는 열반에 드시기 전에 제자들에게 이렇게 당부하셨네. '너희들 비구들아, 너희들은 스스로 머리를 숙여야 한다. 몸의 치장을 버리고 가사를 입고, 바리때를 들고 반드시 탁발로써 살아가라. 이러한 형색은 보기에도 세상의 잡된 일에서 떠난 모습이거늘 감히 어디에 교만심을 품을 것인가! 교만은 세속 사람들조차도 멀리하는 것이거늘 하물며 출가하여 득도한 사람이 감히 어찌 교만심을 품을 것이랴!' 두번 세번 부처님께서는 교만심을 버리라고 당부하셨어. 그리고 부처님께서는 그 말씀에 이어 또 이렇게 당부하셨네."

"어떻게 말입니까요, 스님?"

"부처님께서 당부하시기를 '만일 모든 근심 걱정에서 벗어나고자 하거든 매사에 만족할 줄을 알아야 할 것이니, 만족할 줄 알면 부유하고 즐거우며 마음이 편안해지니, 만족할 줄 아는 사람은 비록 맨 땅 위에 누워있을지라도 편안하고 즐거울 것이다. 그러나 만족할 줄 모르는 사람은 설사 천상에 있을지라도 흡족하지 못할 것이니 근심 걱정이 떠나지 아니하고 마음은 늘 불안할 것이요, 불행할 것이다. 다시 한번 이르거니와 욕심이 적은 사람은 근심걱정도 없을 것이요, 근심걱정이 없는 사람은 행복한 사람이요, 그러

나 욕심이 많은 사람은 근심걱정 또한 그칠 날이 없으니, 바로 이런 사람이 불쌍한 사람이니라.'"

부처님의 말씀을 이야기한 후, 보덕화상은 이어서 원효스님과 의상스님에게 당부의 말씀도 잊지 않으셨다.

"오늘의 세상도 바로 이 욕심 때문에 환난이 계속되고 근심 걱정 괴로움이 그치지 아니하나니, 그대들은 부디 이 부처님 말씀을 이 세상 구석구석에 널리널리 전해서 저 많은 고해중생들을 구하도록 하시게."

"예, 스님. 깊이 명심하겠습니다."

원효스님과 의상스님이 입을 모아 함께 대답했다.

"자, 그럼 그만들 건너가서 걸망들 챙기도록 하시게."

"예."

"그대들을 여기서 만난 인연으로 나는 이 땅에 부처님 정법이 세세생생 이어질 것을 믿겠네."

"예. 스님의 말씀, 두고두고 명심하겠습니다."

9
모든 것은 마음의 장난

　원효스님과 의상스님은 젊은 날의 구도열을 안고 백제땅으로 들어가 보덕화상으로부터 열반경과 유마경을 배워 마친뒤 다시 신라로 돌아와 교학을 더욱 깊이 참구하는 한편 이때부터 저술활동을 시작하였다.
　그러던 진덕여왕 4년, 그러니까 서기로는 650년, 원효스님의 세속 나이 서른 네 살 되던 해의 일이었다. 황룡사에서 수행하던 의상스님이 원효스님을 찾아왔다.
　"원효스님, 안에 계십니까요?"
　"아니, 이게 대체 누구신가?"
　"소승 의상이 문안 올립니다."
　"허허, 이 사람 문안은 무슨 문안, 그래 그동안 어디에 가 계셨던가?"

"황룡사에서 쳐박혀 있자니 가슴이 답답해서 이곳 저곳을 한바탕 돌아다니고 왔습지요."

"잘 오셨네. 어서 들어오시게."

"또 무슨 글을 쓰고 계시옵니까?"

"으음. 중국 스님들이 써 놓으신 논장을 보고 있자니 웬지 답답한 생각이 들어서 내 나름대로 몇자 적어보는 중이었네. 자, 이쪽으로 앉기부터 하시게."

"으음…… 원효스님께서는 아무래도 길을 잘못 드신 것 같습니다요."

"그건 또 무슨 말씀이신가? 날더러 길을 잘못 들었다니?"

"아 앉으시면 글을 지으시니 시인이 되셔야 할 걸 공연히 머리를 깎으셨단 말씀이지요. 허허허……."

"에이끼, 이런 사람……. 그래 한바퀴 돌아보니 세상은 좀 어떠하던가?"

"세상 꼴이야 갈수록 태산이지요."

"갈수록 태산이라니?"

"서쪽에서 빼앗으면 북쪽에서 잃고, 북쪽을 되찾으면 서쪽에서 빼앗기고 그 틈에 죽어나는 건 백성들 뿐이지요."

"당나라에 사신을 보냈다고 그러던데, 그 뒷소식은 좀 들으셨는가?"

"당나라 군사들이 고구려 군사들한테 어찌나 혼이 났던지, 우리 신라와 얼른 손을 잡기로 했다고 그러던데요. 참, 원효스님, 드릴 말씀이 있는데요."

"말씀하시게. 무슨 일이신가?"

"당나라에 다녀온 사신들한테 들었는데요, 당나라에서는 지금 불교가 한창 떠들썩하답니다요."

"불교가 떠들썩하다니, 무슨 말씀이신가?"

"글쎄, 소승도 잘은 모르겠습니다마는 현장스님이라는 중국스님이 서역국에 유학을 갔다가 17년 만에 중국으로 돌아왔다는데 말씀이에요……."

"그래서?"

"그 현장스님이라는 분이 서역국에서 부처님 경전을 수백 권 가지고 돌아와가지고 그 경전들을 베끼고 배우고 강술하고 의논하느라고 장안이 온통 떠들썩하답니다요."

"부처님 경전을 수백 권이나 가지고 돌아오셨다?"

"예에. 우리는 생전 듣지도 못했던 부처님 경전이 수백 권이라고 그러더라구요."

"여보게, 의상!"

"예?"

"자네 혹시 나하고 함께 당나라에 들어가지 아니하겠는가?"

"아니, 그게 정말이십니까요?"

"암, 정말이구 말구……."

"허, 이것 참 신통한 일도 다 있습니다 그려."

"신통한 일이라니?"

"그렇지 아니해도 제가 바로 원효스님께 당나라에 들어가서 공부하지 않으시겠느냐, 그걸 여쭈려던 참이었는데 스님께서 미리 아시고 그 말씀을 하시니 신통한 일이지요."

"정말 그럴 생각이셨는가?"

"아, 소승이 감히 어찌 사형님께 거짓말을 농하겠습니까요?"

"그렇다면 참으로 잘 되었네. 우리 둘이 다시 한번 공부하러 가도록 하세."

"좋습니다요. 허지만 이번 공부길은 가까운 백제로 가는 것이 아니라 천 리 만 리 떨어진 당나라이니 각오를 단단히 하셔야 할 것입니다요."

"여부가 있겠는가, 죽기를 각오해야지!"

원효스님과 의상스님은 중국 당나라에서 새롭게 일어나고 있는 불교를 접하기 위해 두번째 구도의 길을 함께 떠나게 되었다.

그러나, 첫번째 국경 신라와 고구려의 국경은 용케도 무사히 통과하였으나, 두번째 국경인 고구려와 당나라의 국경, 요동에서 그만 고구려 순라군에게 붙잡히는 신세가 되고 말았다.

"네 이놈들! 꼼짝하면 요절을 낼 것이니라."
"우리는 꼼짝하지 아니 할 것이니 그 창부터 거두도록 하시오."
"네놈들은 당나라 첩자들이 분명하렷다?"
"아, 아닙니다. 우리더러 당나라 첩자라니 그건 천부당 만부당한 말씀입니다."
"그렇게 거짓말을 한다고 해서 호락호락 속아넘어갈 내가 아니다!"
"이것 보시오. 보시다시피 우리는 출가수행자의 몸, 부처님 경전을 구하러 당나라로 가려는 것이지 염탐꾼 노릇을 하려고 온 것이 아닙니다."
"오호라, 그러구보니 네놈들은 고구려 사람이 아니라 웬수놈의 신라 첩자들이구나!"
"이보시오, 우리가 신라에서 온것은 사실이오마는 우리는 출가 승려이지 첩자가 아니란 말입니다."
의상스님이 답답해서 다시 설명하였으나 순라군은 막무가내였다.
"여러 소리 할것 없다! 썩 앞으로 나와 오랏줄부터 받아라! 만일 내 명을 어기는 날에는 살아남지 못할 것이다!"
고구려 순라군에게 붙잡힌 원효스님과 의상스님은 또 다시 오랏줄에 묶인채 감영으로 끌려가 엄한 문초를 받게 되었다.

순라군은 몽둥이로 땅바닥을 쿵쿵 치면서 먼저 원효스님을 가리키며 물었다.

"네놈 이름은 무엇이더냐?"

"석원효라고 하오."

이번에는 의상스님에게 물었다.

"그러면 네놈은 또 이름이 무엇인고?"

"예. 소승은 석의상이락 하오."

그러자 순라군이 이상하다는 표정을 지으며 다시 묻는 것이었다.

"아니 그러면 두 놈 다 석씨란 말이더냐."

원효스님이 얼른 대답하였다.

"속가를 버리고 삭발출가하여 득도하면 모두가 부처님의 제자라 석가모니 부처님의 성씨를 따라 석씨라 하는 것이오."

"거짓말 하지 마라! 너희들은 분명히 승복으로 변복하고 우리 고구려 사정을 염탐하러 온 첩자임에 틀림없다!"

원효스님이 말도 안되는 억지를 부리는 순라군에게 큰소리로 말했다.

"이것 보시오, 우리가 만일 신라의 첩자라면 고구려 서울 평양성 부근을 배회하면서 염탐질을 할것이지 무슨 까닭으로 이 요동성까지 왔겠소이까?"

"그렇다면 너희들은 혹시 당나라의 첩자들이 아니냐?"
의상스님이 기가 막혀서 말했다.
"아 글쎄, 당나라 땅은 아직 밟아본 일도 없는데 당나라 첩자라니요?"
"아무튼 나는 너희들의 말을 믿을 수 없으니 평양성으로 압송할 것이다."

원효스님과 의상스님은 고구려와 중국 당나라의 국경 근처 요동에서 붙잡혀 수십 일 동안 갇혀 있다가 평양성으로 압송되던 중 간신히 탈출하여 신라로 돌아왔다고 옛 문헌에 기록되어 있다. 그러나, 더 자세한 경위는 언급이 없으니 알 길이 없다. 아무튼 이때에 결행했던 첫번째 당나라 유학은 이렇게 해서 실패로 돌아갔다. 그후 신라는 바다를 통한 당나라와의 통로를 확보하고자 지금의 경기도 화성군 남양만 포구를 다시 찾는데 사력을 다 바쳐 수많은 전사자를 희생시켜가며 집중공략한 끝에 기어이 당나라로 가는 뱃길을 열어놓게 되었다.

그후, 원효스님을 의상스님이 다시 찾아왔다.
"원효스님, 원효스니임―. 원효스님 계십니까요?"
원효스님이 반갑게 의상스님을 맞았다.

"의상스님 아니신가? 어서 오시게."

"소승이 들어갈 것이 아니라 스님께서 좀 나오시지요."

"무슨 일인데 이러시는가?"

"반가운 소식이 있기에 알려드리러 왔습니다만……"

"반가운 소식이라니?"

"당나라에 들어갈 수 있게 되었다는 소식입니다."

"뭐라? 아니 대체 당나라에 어찌 들어갈 수 있다는 말이신가?"

"예. 이번에 백제와의 싸움에서 기어이 이겨 뱃길을 터놓았다 하옵니다요."

"그래? 그러면 이번에는 배를 타고 당나라로 건너가자는 말이신가?"

"스님께서 가실 의향이 없으시다면 소승 혼자라도 건너갈까 하옵니다만……"

"아, 아닐세. 함께 가도록 하세나. 그토록 가고 싶었던 당나라 장안이거늘 뱃길이 트였다면야 마땅히 가야지."

원효스님과 의상스님은 이렇게 해서 또 한번 구도여행을 함께 떠나게 되었다. 그 첫번째는 백제땅 고대산 경복사 보덕화상을 찾아간 것이었고, 두번째는 실패로 끝난 당나라 유학길이었으며, 이번이 세번째가 되는 셈이었다.

의상스님이 원효스님에게 물었다.

"스님께서는 당나라에 건너가시면 맨처음 어디부터 가고 싶으십니까요?"

"그야 맨처음 장안으로 들어가서 서역에서 부처님 정법을 17년 동안이나 공부하고 오셨다는 현장스님을 찾아뵈어야지."

"그 다음에는요?"

"그 다음 일이야 현장스님을 만나뵙고 그 스님 문하에서 공부하는 것이지 달리 또 무슨 일이 있겠는가?"

"아무튼 이번에 뱃길이 트였으니 얼마나 다행인지 모르겠습니다요."

"그러게 말일세."

이렇게 원효스님과 의상스님이 배를 타러 천리길을 걸어 서쪽 포구로 가는데, 갑자기 하늘이 깜깜해지며 뇌성이 울리는 것이었다.

"아이구, 이거 아무래도 비가 한차례 쏟아질 모양입니다요."

"허허, 웬 하늘이 이리도 갑자기 캄캄해지는고?"

잠시후 다시 하늘에서 뇌성이 울리며 번개까지 치는 것이었다.

"아이구 스님, 아무래도 오늘은 이 근처 어디 마을에 들어가 하룻밤 묵었다 가야 할 모양입니다요."

의상스님의 말에 원효스님은 급히 길을 재촉하였다.

"묵긴 이 사람아, 기왕에 들어가기로 한 당나라이거늘 단 하루라

도 빨리 건너가야지, 그 무슨 소린가? 자, 어서 서둘러 가도록 하세."

원효스님이 급히 앞서 걸으며 말했다. 그러나 잠시후에는 뇌성과 함께 굵은 빗방울이 떨어지더니 급기야는 장대같은 비가 쏟아지는 것이었다.

"아이구, 스님. 아무래도 안되겠습니다요. 어디 인가를 찾아 이 비를 피하도록 하십시다요."

의상스님의 말에 원효스님은 주위를 두리번거리며 물었다.

"여기가 대체 어디쯤이던가?"

"직산이라는 마을을 지나온 지가 한참 되었으니, 포구는 멀지 아니하겠습니다마는……"

"그럼 어서 서둘러 가세. 쉬더라도 포구에 가서 쉬어야지."

그러나 비는 더욱 거세져서 한 치 앞도 분간할 수가 없었다.

"아이구, 스님. 아무래도 이거 더 이상은 못가겠습니다요."

"그렇다고 이 사람아, 이 억수같은 비를 맞고 이대로 서 있을텐가? 어서 나를 따라 오시게."

원효스님은 앞으로 앞으로만 걷는 것이었다.

"아이구 스님, 지척도 분간을 못하겠는데 어쩌자고 자꾸 가십니까요? 예?"

뇌성벽력과 함께 억수로 퍼붓는 장대비, 게다가 날은 갑자기 캄캄해져서 원효스님과 의상스님은 그만 방향을 잃고 헤메게 되었다.

"아이구, 아이구 스님 큰일났습니다요. 동서남북은 커녕 앞뒤도 분간할 수가 없으니 이 일을 어찌하면 좋습니까요?"

"내 걸망을 단단히 붙들어쥐고 내 뒤를 바짝 따라 오시게. 어디 은신할만한 곳을 찾아보도록 하세."

그러나 칠흑같이 캄캄한 어둠속에서 억수로 쏟아지는 비를 맞아가며, 어디 은신할 곳을 찾는다는 것은 그야말로 가당치도 않은 일이었다.

두 스님은 기진맥진, 지치고 허기진 몸을 이끌고 흙탕물 속에서 허우적거리고 있었다.

세상을 단번에 부숴버릴것만 같은 뇌성이 일고 또 한번 번쩍 번개불이 일어나는 순간, 원효스님은 그 번갯불빛 속에서 토굴 하나를 발견하였다.

"여, 여보게 의상, 어서 나를 따라 오시게. 바로 저 앞에 토굴이 있네."

"어, 어디에 토굴이 있다고 그러십니까요?"

"바로 저 앞이야. 어서 나를 따라와!"

원효스님은 흙탕물 속에서 허우적거리며 앞으로 나갔다. 의상스님도 원효스님의 뒤를 따랐다. 조금 앞으로 걸어가니 과연 거기에

는 조그마한 토굴이 하나 있었다. 원효스님이 몸을 숙여 먼저 들어간 후 의상스님에게도 들어오게 하였다.

"자, 어서 이 안으로 들어오게."

"아이구, 아이구—. 아이구 정말, 여, 여기에 토굴이 있다니……"

"비좁긴 하네만 여기서 은신하고 있으면 죽지는 아니 할 걸세."

"아이구, 그래도 이 토굴 속에 들어오니 지옥에서 헤메다가 극락에 들어온 것만 같습니다요."

"……그래, 토굴 밖은 지옥이요, 토굴 안이 극락일세……"

밖에서는 뇌성벽력과 억수같은 비가 그칠 줄을 모르고 쏟아지는데, 원효스님과 의상스님은 비좁은 토굴안에서 기진맥진한채 그대로 쓰러져 잠이 들었다.

얼마나 자고 났을까, 원효스님은 심한 갈증에 잠에서 깨어나 그곳이 어디인줄도 잊은채 늘 하던 버릇대로 두 손으로 머리맡을 더듬었다. 머리맡에 늘 놓아두었던 냉수 그릇이 있을 리가 없었지만 그래도 원효스님은 캄캄한 어둠속에서 두 손으로 머리맡을 더듬었다. 그만큼 목이 말랐던 까닭이었다. 그런데 어둠속을 더듬던 원효스님의 손에 잡히는 게 있었다. 바가지 같은 물건이었다. 그리고 그 바가지에는 물이 담겨 있었으니, 원효스님은 아무 생각없이 그 바가지에 담긴 물을 아주 맛있게 마셨다. 물을 마신 후, 길게 한숨을 토하고 있는데, 의상스님도 잠결에 물을 찾고 있는 것이었다.

원효스님은 의상스님을 깨워서 그 물바가지를 건네주었다.
"이 사람, 자네도 목이 타는 모양이로구먼. 자, 자, 물 여기 있으니 어서 마시도록 하게나."
"예에? 여, 여기 물이 있다구요?"
의상스님은 벌떡 일어났다.
"자, 이 바가지에 물이 있으니 어서 마셔보게. 물맛이 아주 감로 맛이야."
의상스님은 원효스님에게서 바가지를 받아서는 벌컥벌컥 단숨에 들이켰다.
"후, 정말 물맛이 꿀맛이구먼요."
"이 바가지, 여기 머리맡에 놓아둘 것이니 목이 마르거든 또 마시도록 하게."
원효스님은 물바가지를 조심스럽게 머리맡에 놓아두고 다시 정신없이 쓰러져 깊은 잠에 빠져 들었다.
다음날 아침, 새 지저귀는 소리에 의상스님이 먼저 잠에서 깨어보니 천지를 삼킬듯이 퍼붓던 비도 멎고 밝은 햇살이 무너진 토굴 안으로 비쳐 들어오고 있었다.
주위를 돌아보던 의상스님이 원효스님을 깨웠다.
"아이구 스님, 큰일났습니다요. 어서 일어나십시오!"
"으음? 아니 왜 그러는가?"

"아이구 스님, 여, 여기는 토, 토굴이 아니라 바, 바로 무덤속입니다요."

의상스님의 말에 원효스님도 기겁을 하고 벌떡 일어나 앉았다.

"무, 무엇이라구? 무, 무덤속이라니?"

"자, 보십시오. 허물어져가는 무덤속입니다요."

"아니, 그러면?"

말을 하다말고 갑자기 의상스님은 원효스님의 머리맡에 놓여있던 물바가지를 생각하고는 얼른 그쪽으로 눈길을 돌렸다. 그리고는 기겁을 하고 말았다.

"스님 머리맡에 있는 게 해골이 아닙니까요?"

원효스님이 깜짝 놀라며 말했다.

"아, 아니, 아니 그러면 간밤에 내가 마신 물이 바로 이 해골에 고인 물이었단 말이던가?"

"예에? 아니 그러면? 소승이 마신 물도 바로 이 해골에 담긴……?"

여기까지 말을 한 의상스님은 갑자기 웩웩거리며 토하기 시작했다. 원효스님도 역시 웩웩거리면서 토하기 시작하였다. 두 젊은 스님은 자신들이 마신 물이 바가지에 담긴 물이 아니라 해골에 담긴 물이었음을 알아차린 그 순간부터 구역질을 하는 것이었다. 헌데 바로 그 순간 갑자기 원효스님이 구역질을 멈추고 크게 소리내어

웃는 것이었다.

"하하하하 하하하하……."

"아니 스님, 왜 이러십니까요? 웨엑, 웨엑―."

"여보게, 의상! 구역질을 그만 딱 그치시게!"

"웨엑, 웨엑―."

"여보게 의상! 내 이제야 깨달았네. 심생즉 종종법생이요, 심멸즉 종종법멸일세."

"…… 무슨…… 말씀이십니까요?"

"심생즉 종종법생이요, 심멸즉 종종법멸이니, 한 마음 일어나면 온갖 법이 일어나고 한 마음 사라지면 온갖 법이 사라지니, 세상만사 모두가 마음의 장난일세!"

"예에?"

원효스님은 조금전까지만 해도 구역질을 했으나 어느새 그 얼굴에는 밝은 웃음이 가득했으니, 의상스님으로서는 의아해 할 수 밖에 없었다.

"아니 원효스님, 대체 방금 무슨 말씀을 하셨습니까?"

"여보게, 의상!"

"예, 형님."

"나는 간밤에 잠을 자다가 목이 타는 바람에 잠이 깨었어."

"예, 그랬지요."

"나는 잠결에 늘 하던 버릇대로 두 손을 더듬어 냉수그릇을 찾다가 바가지에 담긴 물을 찾아서 맛있게, 아주 맛있게 마셨어. 그리고 그 물을 자네에게도 먹였지."

"우욱, 우욱―."

의상스님은 원효스님의 말에 다시 구역질을 시작했다. 그러자 갑자기 원효스님이 의상스님의 등을 탁 치는 것이었다.

"정신 차리게, 이 사람아!"

"소승은 그 물이 바가지에 담긴 물인 줄만 알았지, 해골에 담긴 물인 줄은 몰랐습니다요."

"나도 그랬어. 바가지에 담긴 물인 줄 알고 맛있게 아주 맛있게 마셨어. 자네도 물맛이 꿀맛이라고 그랬구……."

"그, 그러기는 그랬습니다만……."

"그런데 간밤에 마신 그 물은 이미 입 안에도 없고 목구멍 안에도 없어졌거늘, 오늘 아침 이 해골을 보니 구역질이 나왔어."

"해, 해골인 줄 알고나니 구역질이 나왔지요."

"바로 그점이야! 바가지라 생각했더니 물맛이 꿀맛이었는데, 해골이라 생각하니 구역질이라. 바로 이것이 마음의 장난이 아니고 무엇이겠는가!"

"하오면, 스님……."

"세상만사 마음 먹기에 달린것, 기쁨도 슬픔도 마음에 달린 것이요, 깨끗함도 더러움도 마음에 달린 것이요, 춥고 더운 것도 마음에 달려 있으니 그래서 부처님께서 이르시기를 일체유심조(一切唯心造)라 하셨어."

"스님…… 이제 그만 길을 떠나셔야지요. 해가 중천에 솟았는데요."

"나는 아니갈 것이야."

원효스님의 말에 의상스님은 깜짝 놀라서 되물었다.

"원효스님, 지금 아니 가신다고 그러셨습니까?"

"의상, 자네는 당나라로 건너가시게. 나는 서라벌로 돌아가겠네."

"예에? 서라벌로 돌아가시겠다구요? 법을 구하러 당나라에는 아니 가시겠다는 말씀이십니까?"

"마음 밖에 따로 법이 없거늘, 어찌 그 법을 밖에서 구할 것인가? 한 마음 생겨나면 온갖 법이 생겨나고, 한 마음 사라지면 온갖 법이 사라지나니, 천가지 만가지 법은 마음 먹기에 달린 것, 마음 밖에 법이 따로 없거늘 내 어찌 그 법을 마음 밖에서 구할 것인가!"

원효스님이 당나라로 건너가 법을 구하기로 했던 생각을 한 순간에 버리자, 의상스님은 참으로 어이가 없었다.

"참으로 여기서 발걸음을 돌려 서라벌로 돌아가시렵니까?"

"이것 보시게, 의상! 우리가 찾고 있던 법은 특별난 사람에게 있

는 것이 아니네."

"그러면, 그 법은 대체 어디에 있다는 말씀이십니까?"

"특별한 다른 사람에게 있는 것이 아니라 바로 내 안에 있네. 그리고 또 법은 멀리 있는 게 아니라 한 생각에 있어. 내 이제 그것을 알았으니 구태여 멀리 당나라 땅까지 갈 필요가 없어진 것이야."

"하오면, 스님께서는 그토록 염원하시던 구법의 길을 포기하시는 것이옵니까?"

"내 안에 있는 법을 이미 찾았거늘 달리 어디 가서 또 무슨 법을 찾는단 말인가?"

"…… 알겠습니다. 하오나 소승은 당나라 유학을 결코 포기할 수 없습니다."

"잘 다녀오시게. 허나 자네에게 내 당부 할 말이 있네."

"말씀하시지요."

"당나라에 건너가시거든 공부는 부지런히 하시되 다른 사람에게 의지하지는 말게."

"잘 알겠습니다."

"그리구 또 한가지, 당나라에 가면 무수한 경전과 교학을 만나게 될 것이야."

"예, 그러하겠지요."

"천가지 경, 만가지 교학을 만나고 배우더라도 결코 한눈을 파는 일은 없어야 할 것이야."

"무슨…… 말씀이신지요, 스님?"

"어떤 사람이 있어 술잔으로 바닷물을 퍼내면서 몇 잔이나 되는지 알아보려 한다면 그대는 과연 어찌 생각하겠는가?"

"그야 어리석은 사람이라 할 것입니다."

"그러면 또 어떤 사람이 있어 가느다란 대롱으로 저 하늘을 엿보려 한다면 그대는 어찌 생각하겠는가?"

"만일 그런 사람이 있다면, 그 역시 어리석다 할 것입니다."

"한 그루 나무를 제대로 알려면 나뭇잎만 움켜쥐어서도 아니될 것이요, 줄기만 보아서도 아니될 것이요, 나무둥치만 보아서도 아니될 것이며, 나무 뿌리만 보아서도 아니될 것이야."

"무슨 말씀이신지 잘 알겠습니다. 그럼 소승 당나라로 건너가겠습니다."

"잘 가시게. 그리고 부디 깨달음을 이루시게."

원효스님은 지금의 경기도 화성군 남양만 포구 근처에서 의상스님과 헤어졌다. 그러니까 이때 의상스님은 홀로 당나라로 건너가게 되었고 원효스님은 발걸음을 되돌려 서라벌로 돌아오게 되었다.

10
얻어먹고 사시게

　서라벌로 돌아온 원효스님은 이때부터 깨달음의 눈으로 세상을 보고, 깨달음의 안목으로 경전을 보아, 부처님의 정법을 세상에 널리 바로 전하기 위해 밤낮으로 저술활동에 매진하였다. 이때 원효스님은 화엄경소, 화엄경종요를 비롯해서 열반경소, 법화경종요, 능가경종요, 해심밀경소, 유마경소, 반야심경소 등 무려 100여부, 240여권의 책을 남기셨는데 오늘날까지 보존되어 전해진 저술만 해도 23권이나 되고 있으니, 당시로서는 단연 신라 제일의 학승이요, 제일의 대학자였다.
　부처님의 경을 알기쉽게 풀어놓은 원효스님의 저술은 이때 벌써 중국과 일본에서도 필사본으로 들여갔을 뿐만 아니라 대부분의 사찰에서 젊은 승려들이 불교를 배우는 교과서로 사용할 정도였다. 그러나 왕실불교, 귀족불교의 달콤한 꿈에 빠져있던 당시 신라 불교의 지도층에게는 외면을 당해야 했다.

　하루는 원효스님 밑에 있던 승려가 급히 뛰어왔다.
　"스님, 스님, 스님 계시옵니까요?"
　"그래, 대체 무슨 일이기에 이리 소란인고?"
　"소승, 하두 분한 말을 들었사옵기로 그래서 찾아뵈었습니다."
　"분한 말이라니?"
　"예, 듣자하니 우리 황룡사에서 백고좌법회를 연다고 하옵니다요."
　"백고좌법회를 연다고 하면 그거야 반가운 일이지."
　"그런데 그게 아니옵니다요."
　"그게 아니라니? 자네, 지금 무슨 소리를 하고 있는겐가?"
　"대왕마마께서 백고좌법회를 열도록 어명을 내리셨는데요……"
　"그래서?"
　"백 분의 고승대덕을 모셔다 법회를 열라고 해서 마땅히 스님의 이름도 그 백 분의 고승대덕 명단 안에 써올렸다고 하옵니다요."
　"내 이름을 백 명의 명단 안에 넣었더란 말이신가?"
　"예. 그랬는데 글쎄…… 몇몇 벼슬 높은 스님들이 원효는 안된다 하고 백 분의 명단 속에서 빼버렸다고 하옵니다요."
　"내 이름을 빼버렸다?"

"예. 그러니 글쎄 세상에 이런 분통터질 일이 또 어디 있겠습니까요?"

그러자 원효스님은 빙그레 웃으며 말했다.

"원 이 사람 참, 자네는 분통터질 일이 그렇게도 없으시던가, 그런 일을 가지고 분통이 터지게?"

"예에? 아니 하오시면 스님께서는 아무렇지도 아니하십니까요?"

"백고좌법회에서 내 이름을 빼주었다면 그거야 고마운 일이지, 어찌 분한 일이겠는가?"

"예에? 아니 고마운 일이라니요, 스님? 백고좌 법회에서……"

원효스님은 승려의 말을 가로막고는 이렇게 말씀하시는 것이었다.

"이 사람아, 그 번거로운 백고좌법회에 나가지 않게 되었으니, 그 사이에 경이나 더 보고, 그 사이에 글을 더 쓰게 되었으니 나를 빼준 것은 나를 도와준 것이야."

그러나 달려온 승려는 정말 속이 상하고 억울해서 못견디겠는지 얼굴까지 붉히는 것이었다.

"그게 아니옵니다요, 스님. 몇몇 벼슬 높은 스님네들이 스님의 명성을 시기한 나머지 그래서 빼버린 것이라구요, 스님."

"어쨌거나 그것은 결국 나를 도와준 것이니 고마운 일이야."

"글쎄 그게 아니래두요, 스님!"

"허허, 이 사람! 자네는 어찌 그리 말귀를 못알아 먹는가? 나는 아직 도가 얕으니 천고좌법회라면 모르려니와 백고좌법회에는 나갈 그릇이 못되는 사람일세."

"아니옵니다요, 스님. 저희들이 사발통문을 돌려서라도 저들의 그릇됨을 바로 잡을 것이옵니다요."

그러자 원효스님은 손으로 탁상을 치면서 크게 화를 내시는 것이었다.

"이 사람 참으로 귀가 막혔구먼! 나는 경이나 보고 글이나 쓸 것이니 다시는 백고좌법회 얘기는 내 앞에서 꺼내지도 말게!"

참으로 어처구니 없는 일이었지만 원효스님은 백고좌법회에 끼지 못하는 것을 억울해 하지도 아니했고, 아쉬워하지도 않았다. 그뿐만 아니라 원효스님은 주지 자리나 벼슬 자리도 원하지 않았고 왕족이나 귀족들과 어울리지도 않았다. 오직 경을 바로 읽고, 그 경의 가르침을 바로 전하는 글을 쓰는 데에만 전념을 하였다. 당시 신라불교의 젊은 승려들 사이에서는 원효스님의 저술이 길잡이였고, 원효스님의 덕망이 으뜸이었다. 그래서 당시 원효스님이 머물고 계시던 황룡사에는 뜻있는 젊은 승려들이 원효스님을 뵙고 가르침을 받고자 찾아오는 일이 많았다.

하루는 웬 노인이 걸인차림으로 원효스님을 찾아왔다.

"어인 일로 노인께서 소승을 찾아오셨는지요?"

"고마운 말씀을 드리려고 찾아뵈었소이다."

"고마운…… 말씀이라니요?"

"스님께서 지으신 열반경소를 보았는데 평생토록 못알아먹은 구절을 스님의 글을 보구서야 알게되었으니 세상에 이렇게 고마운 일이 또 어디 있겠소이까?"

"하오시면 어르신께서는 대체 어느 댁 어른이시온지요?"

"보다시피 나는 늙은 걸인이오. 얻어먹고 사는 거지란 말이지."

"예에?"

걸인 차림의 노인이 스스로 찾아와서 원효스님이 지은 열반경소를 보았다고 하니 이것은 예사로운 일이 아니었다. 원효스님은 노인을 자세히 살펴보고는 다시 물었다.

"하오시면 대체 소승이 지은 열반경소를 어디서 어떻게 보셨다는 말씀이시온지요?"

"아, 그러니까 늙은 걸인 주제에 감히 어찌 그 어려운 열반경을 보았다고 거짓말을 하느냐 그말이시오?"

"아, 아니옵니다. 그런 말씀이 아니오라……"

"내 비록 지금은 늙어서 걸인이 되었소마는 나도 왕년에는 글깨나 쓰던 수행자였소."

"예에? 아니 그러시면 지금은 어쩐 일로 이렇게……"

"하하하…… 중이면 중답게 삭발을 하고 다닐 것이지 어찌 이리 봉두난발에 누더기를 걸치고 얻어먹고 사느냐?"
"그, 그렇사옵니다."
"절에 앉아서 받아먹는 더운 밥보다는 돌아다니면서 얻어먹는 식은 밥덩어리가 더 맛이 있어서지."
"얻어먹는 식은 밥덩어리가 더 맛이 있으시다구요?"
"부처님께서도 그렇게 이르셨지. 얻어먹고 살라고 말씀이야."
"예, 그건 그렇습니다. 탁발로써 살아가라 그러셨지요."
"하하하, 그렇게 백 번 이르셨으면 무슨 소용이 있겠소이까? 따르고 지키는 중이 하나도 없으니 말씀이야."
"이것 보십시오, 스님."
"허허, 이거 무슨 소리! 나는 스님이 아니고 거지란 말씀이야!"
"제발 그러지 마시고 소승에게 털어놓아 주십시오. 소승을 찾아 오셨을 적에는 그만한 까닭이 있으실 것 아니시겠습니까?"
"고맙다는 인사를 드리러 왔다고 그러지 아니했소."
"그뿐만은 아니실 것이옵니다. 분명 그렇지요?"
"이것 보시오, 원효스님."
"예, 말씀하시지요."
"집을 한 채 지을 적에는 서까래가 많이 들어갑니다."
"그야 그렇겠습지요."

"백 개의 서까래를 뽑는 데 끼지 못했다고 해서 마음 상하지 마시오."

"예에? 대체 무슨 말씀이시온지요?"

"백 개의 서까래를 뽑는 데는 비록 끼지 못했더라도 훗날 한 개의 대들보가 될지 그 누가 알겠소이까, 음? 하하하……."

"대체 스님은 뉘시옵니까?"

"난 이제 이름도 없소이다. 사람들이 그저 나를 대안이라 부른다오."

"대안이시라구요?"

"큰 대(大)자, 편안할 안(安)자, 크게 편안한 사람이라 그런 말이지. 음, 하하하……."

"예. 하오시면 대사님께서 바로 그 대안대사란 말씀이시옵니까?"

"대사는 무슨 얼어죽을 대사! 미친 놈, 늙은 거지, 대안, 대안이지. 응…… 하하하……."

"대사님, 몰라 뵈어서 죄송하옵니다. 무례했던 점 용서하십시오."

"허허, 이거 어째 이러시나? 행여라도 백 개의 서까래에 끼지 못했음을 한탄하면서 붓을 던져버릴까봐 그것이 걱정이 되어 찾아온 것이니, 이 늙은 거지, 더 좋은 글 더 보고 죽도록 애써 주시오."

"…… 참으로 고맙습니다, 스님. 헌데 스님을 찾아뵈오려면 어디로 가면 되겠사옵니까?"

"원 거 무슨 당치않은 말씀! 나같은 늙은 거지를 찾아뵙다니? 인연이 있으면 오다가다 또 만나게 될 것이요. 자, 그러면……."

대안대사가 떠나려 하자, 원효스님은 얼른 대안대사의 옷자락을 잡으며 사정하였다.

"거처를 좀 말씀해 주십시오."

"천촌만락을 헤매고 다니거늘 정해진 거처가 어디 있겠소이까? 응……하하하……."

부처님께서 열반에 드시기 전 제자들에게 마지막으로 이르시기를 탁발로써 살아가라고 단단히 당부하셨건만 아무도 따르고 지키는 자가 없다는, 늙은 걸인 대안대사의 한마디는 원효스님에게 날카로운 비수가 되어 가슴에 꽂혔다.

원효스님은 걸망을 챙겨 그날로 황룡사를 떠나기로 마음을 정했다.

원효스님이 길을 나서자, 원효스님을 모시던 승려가 깜짝 놀라서 뛰어왔다.

"아니, 스님 대체 어디를 가시려고 걸망을 메고 나서시는지요?"

"어, 그래. 내 좀 어디 한적한 곳에 가 있어야겠으니 그리 아시게."

"한적한 곳이라면 어디 말씀이시온지요?"

"하상주에나 가 있을까 하니 그리 아시게."

"하오시면 소승이 따라가 모시도록 하겠습니다."

"아니네. 경을 보고 글을 쓰자면 나 혼자 가는 편이 좋을 것이야."

"그래두 그렇지요, 스님. 독살림을 해가시면서 어찌 글을 지으실 수 있으시겠습니까요?"

"내 걱정은 마시고 수행이나 열심히 하시게."

"하오시면 대체 언제쯤 다시 황룡사로 돌아오실 작정이시온지요?"

"인연이 닿으면 또 돌아오겠지. 잘 있으시게."

"스님!"

"왜 그러시는가?"

"소승을 위해서 가르침 한 말씀 남겨 주십시오."

"가르침을 남겨 달라?"

"예, 스님."

"일체유심조라, 모든 것은 마음의 장난이니 그걸 아시게."

말을 마친 원효스님은 하상주를 향해 길을 떠났다.

11
백 개의 서까래와 한 개의 대들보

번거로운 서라벌을 떠난 원효스님이 은둔한 곳은 하상주— 당나라 고승전에는 원효스님을 하상주 사람으로 기록하고 있다. 우리의 옛문헌 삼국유사에서는 하상주를 지금의 창녕이라 기록하고 있고, 스님의 출생지 압량군은 하상주에 속한 고을이라고 했으니 이 때 원효스님은 당시 신라의 서울 서라벌로부터 멀리 떨어진 한적한 고향 마을에 움막을 짓고 은둔하여 오직 경을 읽고 글을 짓는 데만 열중했다.

그러던 어느해 여름이었다. 한적한 농촌마을 외따로 떨어진 원효스님의 움막 밖에서 말 달려오는 소리가 나더니 곧 말이 멈추는 것이었다. 곧이어 굵직한 목소리가 들려왔다.

"이 움막에 원효스님이 계시거든 어서 나오셔서 어명을 받드시오! 이 움막에 원효스님이 계시거든 어서 나오시오!"

마침 경을 읽고있던 원효스님이 움막에서 나왔다.
"아니 대체 무슨 일로 이리 소란이란 말이시오?"
원효스님을 본 대신이 말했다.
"원효스님은 아니 계십니까?"
"내가 바로 원효이오마는 무슨 일이시오?"
그러자 그 대신은 허리를 깊이 숙여 예를 갖추었다.
"아이구, 그러십니까? 하오시면 스님께서는 어서 저 말에 오르도록 하십시오."
"말에 오르라니?"
"대왕마마께서 원효스님을 모셔오라 어명을 내리셨사옵니다."
"대체 무슨 일로 초야에 묻힌 중을 부르셨단 말이시오?"
"자초지종을 다 말씀드리자면 사연이 복잡하오니 어서 말에 오르기부터 하십시오."
"그리는 못하겠으니 어서 사연부터 일러 보시오. 대체 무슨 까닭으로 나를 부르신단 말이시오?"
"아이구 이것 참, 일이 경각에 달려있으니 어서 가십시다요."
대신은 서둘러 말안장을 살피며 재촉했다.
"허허, 글쎄 무슨 일이 경각에 달려있는지 그것부터 알아야 방편을 쓸 것이 아니겠소이까?"
"아, 예. 그러면 제가 소상히 말씀을 해 올리도록 하겠습니다."

"우선 숨부터 돌리시고 차근차근 소상히 말씀해 보시오."

"예. 아뢰올 말씀은 다름이 아니옵구요……."

"허허, 이런…… 그렇게 다급하게 말씀 하실 게 아니라 차근차근……."

"아, 예. 하오면 차근차근 말씀을 올리겠습니다요. 왕비마마께서 병환이 드셨는데 말씀입니다요……."

"왕비마마께서 병환이시라?"

"예. 함부로 말씀드릴 수 없는 곳에 고약한 종기가 돋았사온데, 용하다는 의원, 좋다는 약은 다 써보았사오나 백약이 무효요, 백인이 무능인지라 산천신령께 빌고 무당을 모셔다 굿을 하고 제사를 지내고 벼라별 방편을 다 썼습지요."

"그, 그래서요?"

"그랬는데 신통자재하다는 한 무꾸리가 말하기를 당나라에 사신을 보내면 약을 구할 수 있을 것이라 하여 사신들이 배를 타고 당나라로 건너갔습지요."

"그래서 약을 구해 왔는가요?"

"아, 아닙니다요. 당나라에 가다가 도중에 어떤 도인을 만났는데 그 도인이 사신에게 부처님 말씀이 적힌 종이 30여 장을 내어주면서 '이 경을 순서대로 맞추어 법회를 열고 강설하게 하면 왕비마마의 병이 나을 것이다.' 그러더랍니다요."

"그래서요?"

"그래서 부처님 말씀이 적힌 종이 30여 장을 받아가지고 왔는데, 이 종이 순서가 뒤죽박죽이라 순서를 제대로 맞추는 승려가 서라벌에는 아무도 없었습니다요."

"원 저런……. 절마다 주지도 많으시고 벼슬하는 스님들도 수백 명이 넘을텐데 순서를 아는 스님이 아무도 없었더란 말입니까?"

"그, 그러게 말씀입니다요. 그래서 결국 거지 차림으로 돌아다니는 대안대사를 찾아갔습지요."

"대안대사라면, 대안, 대안하고 다니시는 그 대안대사 말씀이십니까?"

"맞습니다요. 그 대안대사가 보시더니만 척척척척 순서를 맞춰서 이렇게 한 권의 책으로 엮어주셨습니다요."

대신은 원효스님에게 책 한 권을 내미는 것이었다.

"아니, 이것이 대체 무슨 경인데요?"

"제가 뭘 알겠습니까요? 자, 한번 보시지요."

원효스님은 대신이 건네주는 책을 받아서 펼쳐보았다.

"아니, 이 경은 금강삼매경이 아니오."

"그, 그, 그렇습지요?"

"그런데 이 경을 어쩌자고 나한테 가져왔단 말이시오? 바로 그 대안대사님께 강설해 달라고 해야 옳은 일이지."

"아이구, 말씀 마십시오. 바로 그 대안대사께 제발 이 경을 강설해 주십사 부탁을 드렸더니만, 그 대안대사께서는— '허허, 대안, 대안, 대안이로다! 이 경으로 말씀을 올리자면 부처님 경전 가운데서도 금강삼매경! 내 비록 이 경의 순서는 맞추어줄 수 있으나 이 금강삼매경을 감히 강설할 수 있는 스님은 우리 신라 땅에서 오직 한 사람이 있을 뿐이오! 감히 이 금강삼매경을 강설할 스님은, 바로 황룡사에 있는 원효스님 한 분 뿐이오.' 이렇게 말씀하시는 것이었습니다요. 그래서 대왕마마께서 어명을 내려 원효스님을 속히 모셔오라고 하셨습지요."

"날더러 황룡사에서 법회를 열고 이 금강삼매경을 강설하라?"

"예, 왕비마마의 목숨이 경각에 달려 있으니 속히 가십시다요."

왕의 명을 받들고 달려온 대신은 원효스님에게 어서 말에 오를 것을 간청하는 것이었지만, 원효스님은 꼼짝도 아니하고 제 자리에 그대로 앉아 대신이 가지고 온 금강삼매경을 들여다 보기만 하는 것이었다. 다급해진 대신이 다시 재촉하였다.

"이것 보십시오, 원효스님. 왕비마마의 지중하신 목숨이 경각에 달려있으니 어서 말에 오르십시오, 예? 스님!"

"이것 보시오!"

"예, 스님."

"내가 속히 간다고 해서 왕비마마의 병환이 낫는 것은 아니지

않소이까?"

"예? 무슨...... 말씀이시온지요?"

"내가 속히 간다고 해서 병환이 낫는 것이 아니라, 내가 법회를 열고 이 경을 강설해야 병환이 나을 것이라 했으니, 소승이 이 금강삼매경을 강설하자면 우선 이 경을 자세히 읽고 그 뜻을 소상히 살펴 이 경을 알기쉽게 설명하는 소를 지어야 할 것이오."

"아이구 스님, 소관이야 불경에 대해서 아는 것이 없으니 자세한 절차는 잘 모르겠습니다마는 하여튼 지금 왕비마마의 지중하신 목숨이 경각에 달려 있으니......"

대신이 자꾸 조르자 원효스님은 대신의 말을 막은 후, 금강삼매경을 대신에게 내보였다.

"이것 보시오."

"예, 스님."

"나를 보라는 것이 아니라 이 경을 들여다보란 말씀이오."

"아이구, 예. 하오나 스님, 불경에 무식인 소관이 이 경을 들여다본들 무슨 소용이 있겠습니까요?"

"그동안 수많은 경을 보았소이다마는 이 금강삼매경은 나도 오늘 처음 보는 경이거늘 감히 어찌 한번도 들여다보지 아니하고 강을 설할 수 있겠소이까?"

"아이구 스님, 하오면 대체 어찌하면 좋겠사옵니까요? 대왕마마께서는 나는듯이 가서 모셔오라고 어명을 내리셨는데요……"

"사정이 다급한 것은 소승도 잘 알겠소이다마는 이 경을 단 한 번도 읽지도 아니하고 강설할 수는 없는 일…… 그러니……"

대신이 발을 동동 구르며 울먹이듯 말했다.

"아이구 스님, 소관의 목숨도 경각에 달려 있사오니 제발 소관을 살리는 셈 치시고 어서 말에 오르기부터 해 주십시오, 예?"

그러나 대신이 서두루는 것에는 아랑곳하지 않고 원효스님은 조용히 말했다.

"이 금강삼매경으로 말씀드리자면 본각과 시각의 이각으로 종을 삼았으니 말을 타고 가면서는 아니될 것이오."

"아이구 스님, 하오면 대체 어찌하면 좋겠습니까요?"

"뿔 달린 탈것을 마련해야 할 것이니 황소 한 마리를 준비하시고 소의 두 뿔 사이에 벼루를 묶어 놓도록 하시오. 그리하면 내가 소를 타고 가면서 이 경을 읽고, 이 경을 해설하는 소를 지을 것이오."

"아이구 스님, 고맙습니다요. 백 번 천 번 그리 하겠습니다요."

이렇게 해서 원효스님은 소의 등에 올라타고 길을 가면서 금강삼매경을 한 줄 한 줄 읽고 그 경을 해설하는 소를 지어 나갔으니 참으로 전무후무한 진풍경이 벌어진 셈이다.

대신은 소의 옆에서 말을 타고 보조를 맞추어 천천히 걸어 나가

는데, 말은 말대로 빨리 가자고 울어대는 것이었다. 대신이 울상을 지었다.

"아이구 스님, 이 백마는 빨리 좀 달려가자고 울어대는데 그 글은 아직도 멀었습니까요?"

그러자 원효스님이 타고가는 황소가 대답이나 하는듯이 음메— 하고 느긋하게 울어대는 것이었다.

"이것 보시오. 이 황소는 좀 더 천천히 가자고 느긋하게 울지 않소이까? 경을 읽어야 그 뜻을 알고, 그 뜻을 알아야 소를 지을 것 아닙니까?"

다시 말이 히힝하고 울어댔다.

"아이구 가만 좀 있거라! 누군 달려가기 싫어서 소 옆을 따라가 겠느냐?"

그러자 원효스님이 황소가 말이라도 알아듣는 것처럼 이렇게 말하는 것이었다.

"그래, 그래—. 천천히 걸어라. 네가 빨리 걸으면 나는 경을 읽을 수가 없고, 경을 읽지 못하면 뜻을 새기지 못한다."

옆에서 말을 타고 따라가던 대신이 다시 원효스님을 불렀다.

"아이구, 저…… 스님?"

"경을 읽는데 방해가 되니 말을 걸지 마시오!"

"아이구 저 하오시면 말씀입니다요, 스님. 소관이 먼저 달려가서 대왕마마께 고해 올리고 황룡사에서 법회를 열도록 미리 준비를 하도록 하면 어떻겠습니까요?"

"그거야 알아서 하시오만 이 황소가 서라벌에 언제쯤 당도하게 될지 그걸 잘 헤아려서 법회 날을 정하도록 하시오."

"아, 그거야 이 황소가 제 아무리 황소 걸음이라고 한들 이틀 후에는 당도하겠습지요. 소관, 그러면 사흘 후에 법회를 열도록 준비를 시켜놓겠습니다요."

말을 마친 대신은 원효대사에게 인사도 하는둥 마는둥 급히 말을 달려가는 것이었다.

마음 다급했던 대신이 먼저 달려간뒤, 원효스님은 여전히 소의 등에 타고 앉아 길을 가면서 경을 읽고, 그뜻을 한 자 한 자 풀어서 마침내 다섯 권의 소를 지었다.

이틀 뒤 원효스님이 탄 소가 서라벌에 당도할 무렵, 장안에는 벌써 원효스님이 소를 타고 오면서 글을 짓는다는 소문이 파다하게 퍼져 이 기묘한 모습을 구경하러 나온 사람들로 인산인해를 이루었다. 마침 대안대사도 나와서 기다리고 있다가 원효스님을 맞았다.

"대안, 대안, 대안이로다! 여보시오, 원효스님! 원효스님!"

원효스님도 대안대사를 알아보고는 반갑게 인사했다.

"아, 대안대사님. 그동안 평안하셨사옵니까?"

 원효스님이 소 등에서 내리려 하자, 대안대사가 손을 저으며 말렸다.
 "아아, 소에서 내리지 마시오! 그래 금강경소는 다 지어 마쳤소?"
 "예. 가까스로 다섯 권의 소를 다 지었습니다."
 금강경소를 다 지어 마쳤다는 원효스님의 말에 대안대사의 얼굴에 흡족한 미소가 떠올랐다.
 "장하오, 원효스님! 그럼 어서 황룡사로 가십시다!"
 원효스님을 재촉하며 대안대사가 황룡사로 발길을 옮겼다.
 원효스님이 황소를 타고 오면서 금강삼매경을 읽고 황소의 등에 올라앉아 그 뜻을 새기고 황소의 두 뿔 사이에 묶어놓은 벼루에서 먹물을 찍어 금강삼매경을 해설하는 소를 지었으니 세상에 이런 일은 전에도 없었고, 후에도 없을 일이었다.
 원효스님이 이 금강삼매경소를 짓게된 내력은 당나라의 고승전에 세세히 기록되어 오늘날까지 전해지고 있으니 더욱 신기하고 흥미로운 일이라 하겠다.
 아무튼 이때 원효스님이 금강삼매경소를 다섯 권으로 지어 마친 것을 가장 기뻐한 사람은 다른 사람 아닌 대안대사였다.
 "이것 보시오, 원효스님. 참으로 장한 일을 하셨소이다."
 "아니옵니다, 대사님. 대사님께서 분부하셨다하니 죽을 각오로

덤벼들었지요."

"이 늙은 걸인이 보기에……."

"대사님, 제발 이젠 걸인이라는 말씀은 하지 마십시오."

"얻어먹고 동냥질하면 그게 걸인이지 달리 걸인인가……? 아무튼 금강삼매경은 원효스님이 아니면 읽지두 보지두 못할 경이오."

"아니옵니다. 대사님께서는 이미 알아보시지 않으셨사옵니까?"

"아, 아니오. 그냥 눈짐작으로 살펴보았으나 그 뜻을 새기기에는 내 학문이 미치지 못하였소."

"소승이 큰 잘못을 저지른 데는 없는지 걱정이옵니다. 대사님께서 미리 한번 살펴봐 주십시오."

대안대사는 원효스님이 내미는 종이 뭉치를 소중하게 받아 펼쳐 보았다.

"참으로 장한 일이오! 이 무식한 늙은 걸인이 무엇을 감히 알아보겠소이까마는……."

대안대사는 그중의 한 곳을 펼치더니 읽기 시작했다.

"일심의 근원은 유무를 여의어 홀로 깨끗하고, 삼굉(三宏)의 바다는 진과 속을 사무쳐 담연하도다……. 오! 천하에 명문을 감히 내가 만날수 있다니……. 이것 보시오, 원효스님!"

"부끄러울 뿐이옵니다, 대사님."

"아니오, 원효스님! 원효스님이야말로 천하 제일의 고승이요, 천

하 제일의 대학자요!"

"아니옵니다, 대사님. 과찬의 말씀이 너무 지나치십니다."

"아니오, 아니오. 이것은 결코 과찬의 말이 아니라 이 늙은 걸인의 말이 모자랄 뿐이오. 오! 대안, 대안, 대안이로다!"

"대사님, 참으로 소승 얼굴을 들 수가 없사옵니다."

"아니오, 아니오! 이제 하룻밤만 지나면 내일은 대법회! 대왕마마는 물론이요, 왕족과 대신, 귀족, 자칭 고승대덕들 그리고 수많은 중생들이 몰려올 것이니 그 앞에서 보란듯이 이 금강삼매경소를 감로수를 뿌리듯이 들려 주시오. 이 늙은 걸인도 기쁘게 들을 것이오! 자, 그러면 이 늙은 걸인은 그만 물러가겠소."

대안대사가 말을 마치고 돌아가려 하자, 원효스님이 다급히 대안대사의 소매를 붙잡았다.

"대사님, 오늘밤은 이 황룡사에서 소승이 모시고 잘 수 있도록 허락해 주시지요."

"아니될 소리! 봉두난발한 걸인이 감히 어찌 승방에서 잠을 잘 수 있겠소. 나는 다리 밑에서 잠을 자고, 바위굴에서 잠을 자야 편하다오. 자, 그럼……."

"그럼 소승이 모셔다 드리도록 하겠습니다."

"아니될 소리! 먼길을 오느라 고단할테니 어서 그만 쉬시도록 하시오!"

대안대사가 기쁨을 가득 안고 돌아간 뒤, 원효스님은 먼 길을 오느라고 고단했던지라 황룡사에서 이내 깊은 잠에 빠져 들었다.

그런데, 왕비의 병이 낫기를 기원하는 금강삼매경 법회가 열리기로 된 바로 그 다음날 아침이었다.

"스님, 스님, 어서 그만 일어나 보십시오. 스님."

사미승이 깨우는 소리에 눈을 비비며 일어난 원효스님이 물었다.

"으음? 왜 그러시는가?"

"스님, 이상하옵니다."

"이상하다니?"

"스님의 방문이 활짝 열려 있었구요…… 그리구 스님이 지으신 이 글이 저기 저 마당에 한장 흘려 있었습니다요."

"무엇이? 내가 지은 이 글이?"

원효스님은 사미승이 내미는 글을 받아들어서 살펴보았다. 그리고는 잠들기 전에 금강삼매경소를 놓아두었던 머리맡을 살펴보니 과연 그곳에는 아무 것도 없는 것이 아닌가!

"아니, 세상에 이럴 수가 있단 말인가! 내 머리맡에 놓아둔 다섯 권의 글이 모두 다 없어지다니!"

"틀림없이 간밤에 도둑이 들었던 게 분명합니다요, 스님!"

"도둑이라면 금은보화가 가득한 주지방에 들 것이지 어찌하여

내방에 도둑이 들었단 말인가?"

의아해 하는 원효스님의 말에 사미승이 대답하였다.

"그러니까 색다른 도둑이지요, 스님! 스님의 명성을 시기하는 도둑! 스님의 학문을 질투하는 도둑! 스님의 덕망을 시기하는 저 더럽고 치사한 도둑놈들 말씀입니다요, 스님!"

원효스님은 도저히 믿을 수가 없었다.

"그럴 리가…… 그럴 리가 있을 것인가…… 설마 그럴 리가……"

자신의 말이 틀림없다며, 사미승이 분해서 어쩔 줄을 몰라했다.

"이건 틀림없는 그자들의 소행입니다요. 오늘 대왕마마 앞에서 법회가 열리면 그자들의 체면, 그자들의 체통이 무너지게 될 것이니, 그래서 그자들이 법회를 열지 못하도록 스님이 지으신 글을 모조리 훔쳐다가 불에 태웠을 것입니다요. 저 더럽고 치사한 벼슬아치 중들이 말씀입니다요!"

원효스님은 조용히 사미승을 나무랐다.

"아니야, 이 사람아! 자세히 알지도 못하면서 그런 소리를 함부로 하는 것이 아니야. 내 방을 주지 방으로 잘못 안 도둑이 비단 보따리로 알고 잘못 가져갔을 것이야."

"아닙니다요, 스님. 아닙니다요!"

왕을 비롯한 문무백관과 왕족, 귀족, 그리고 고승대덕들이 한자리에 모여 법회를 열고 원효스님으로 하여금 금강경을 강설하게 하였는데, 바로 이 황룡사 금강경 강설법회에 쓸 원효스님의 글이 모조리 도둑맞았으니, 이는 참으로 난감한 일이 아닐 수 없었다.

하는 수 없이 대신이 왕에게 사정을 이야기 하였다.

"대왕마마, 난처한 일이 벌어졌사옵니다."

"오늘이 기다리던 황룡사 법회날이거늘 무슨 난처한 일이 벌어졌단 말이더냐?"

"아뢰옵기 황송하오나 오늘 법회에서 쓰실 원효스님의 글을 어느 도둑이 훔쳐갔다 하옵니다."

법회에서 쓸 글을 도둑맞았다는 소리에 왕은 깜짝 놀라며 되물었다.

"무엇이? 글을 훔쳐갔다니? 그게 대체 무슨 말인지 소상히 아뢰어라!"

"예―. 원효스님께서 오늘 법회에서 금강경을 강설하고자 소를 타고 오면서 다섯 권의 글을 지었습니다."

"그, 그래서?"

"그런데 간밤에 도둑이 들어 그만 그 다섯 권의 글을 모조리 다 훔쳐가버렸다 하옵니다."

"허허, 천하의 저런 고약한 것들이 있는가! 이것 보아라!"

"예―."

"황룡사 분황사는 물론이요, 서라벌 장안을 샅샅이 수색해서라도 그 도둑을 잡아내야 할 것이다!"

"하오나 대왕마마, 오늘 열기로 한 금강경 강설법회는 어찌하면 좋겠사옵니까?"

"허면 그 글이 없이는 금강경 강설법회를 열지 못한다고 그러더냐?"

"예. 그 금강경은 아직 어느 누구도 해석한 일이 없는데다가, 그 경에 담긴 뜻이 깊고도 넓은지라 미리 글을 짓지 아니하고는 강설하기가 어렵다 하옵니다."

"허허, 이런 변이 있는가! 허면 내 금강경 강설법회를 사흘 후로 미룰 것인즉, 그 안에 글을 다시 짓도록 하여라!"

"예, 성은이 망극하옵니다."

"허나, 지금 왕비의 병이 위급지경이니 사흘 후에는 반드시 법회를 열도록 할 것이요, 만일 사흘 후에도 법회를 열지 못하면 엄한 벌을 내릴 것이라 이르거라."

"예. 분부대로 거행하겠사옵니다."

원효스님은 하는 수 없이 그날부터 다시 금강경을 읽어가며 글을 짓기 시작했는데 사흘낮 사흘밤을 오직 이 일에만 매달려 금강경을 해석하고 해설하는 글을 세 권의 책으로 지어 마쳤으니, 이를 일러 약소라고 부르게 되었다.

아무튼 사흘 후에는 황룡사 큰 법당에서 왕을 비롯한 문무백관과 고승대덕들까지 운집시킨 가운데 드디어 금강경 강설법회를 열게 되었다.

원효스님은 주장자로 바닥을 쿵쿵쿵! 치고는 법회를 시작하였다.
"한 마음의 근원은 있다, 없다를 뛰어넘어 홀로 깨끗하고, 넓고 넓은 삼공의 바다는 진과 속을 뛰어넘어 담연하나니, 담연함으로 해서 진과 속을 끌어 안았지만 하나도 아니요, 양쪽 가를 여의었지만 중간도 아니로다!"

다시 주장자로 쿵! 치시고는 말씀을 이으셨다.
"이 주장자 소리는 하나가 아니요, 여럿도 아니요, 있는 것도 아니요, 없는 것도 아니니, 하나가 곧 여럿이요, 여럿이 곧 하나라. 있는 것이 곧 없는 것이요, 없는 것이 곧 있는 것이니, 세우고 부수고 열고 합치는 데 조금도 걸림이 없구나!

그러므로 한 마음은 쳐부술 것도 없고, 부시지 아니할 것도 없으며, 내세울 것도 없고, 내세우지 아니할 것도 없나니, 바로 이것이 이치라고 할 것도 없는 지극한 이치요, 그렇다고 할 것도 없는 그러한 큰 것이로다!

석가모니 부처님께서 이르시기를 응무소주 이생기심이라 하셨으

니 그대들은 마땅히 알라! 머무는 바 없이 그 마음을 내어쓰라 하셨으니, 일체의 상념을 버리고 더없이 올바른 깨달음을 향해 마음을 일으켜야 마땅할 것이다!

하나이다, 여럿이다! 있다, 없다! 높다, 낮다! 많다, 적다! 분별하고, 집착하고, 거기 머무르면 이를 일러 어리석은 중생이라 할 것이다!"

원효스님은 다시 한 번 주장자로 바닥을 치시고는 말씀을 마치셨다.

이날, 원효스님의 강설을 듣고 왕은 물론이요, 문무백관과 왕족 귀족들이 모두 다 원효스님을 우러러보게 되었다.

원효스님의 강설이 끝나고 왕이 법당을 떠나자마자, 법당 한쪽 구석에 앉아서 원효스님의 강설을 듣고있던 대안대사가 요령을 흔들어대며 한 소리를 했다.

"아하ㅡ. 대안, 대안, 대안이로다! 아하ㅡ. 대안, 대안, 대안이로다! 일찍이 황룡사에서 백 개의 서까래를 뽑을 적에는 끼이지도 못했던 원효스님이, 오늘은 홀로 대들보가 되어 황룡사 큰 법당에 가로 놓였으니, 아하ㅡ. 대안, 대안, 대안이로다……. 아하ㅡ. 대안, 대안, 대안이로다……."

자칭 고승대덕들을 대안대사가 이렇게 비꼬자, 그동안 권력에

빌붙어 허명을 날리며 백고좌법회에 뽑혔던 수많은 승려들이 부끄러워 어쩔줄을 몰라 했으니, 이거야말로 통쾌한 일이 아닐 수 없었다.

　병고에 시달리는 왕비의 쾌유를 빌기 위해서 왕이 친히 참석하여 베풀었던 황룡사 법회 이후 원효스님은 일약 유명해졌으니, 학식 깊기로 단연 으뜸이요, 강설 잘하기로 단연 제일인데다가 그 인물 또한 수려했으니 요즘 말로 하자면 장안의 인기를 한몸에 독차지하게 된 셈이었다.

12
헐벗은 백성에게 주시오

 황룡사 법당에서 법회를 마친 원효스님이 황룡사에서 머물며 경을 읽고 있을 때였다.
 하루는 원효스님 밑에서 배우는 제자가 원효스님을 찾았다.
 "스님, 계시옵니까?"
 "그래, 무슨 일이시던가?"
 "반가운 소식이옵니다요, 스님."
 "반가운 소식이라니?"
 "예. 스님께서 왕비마마를 위해 법을 설해주신 후 왕비마마의 병환이 씻은듯이 나으셨다고 하옵니다요."
 제자의 말에 원효스님은 펄쩍 뛰시며 말씀하셨다.
 "이 사람아, 나는 그런 일을 한 적이 없네."
 "예? 그런 일이…… 없으시다니요, 스님? 아, 며칠전에 왕비마마를 위해 강설해 주시지 않으셨습니까?"

"나는 부처님의 경을 여러 대중들에게 전했을 뿐, 병을 고쳐주자고 강설했던 게 아닐세."

"하오나, 스님. 스님께서 그 경을 강설하신 덕분에 왕비마마의 병환이 나으셨다고 야단들입니다요."

"이 사람, 자네는 대체 절밥을 몇 년이나 먹었더란 말인가?"

"예? 소승은 절밥 먹은 지 4,5년은 되었습니다만……"

"절밥을 그만큼 먹었으면 부처님의 가르침이 어떤 것인지 알아야 할 것 아닌가?"

"아, 예. 하오나, 무슨…… 말씀이시온지요?"

"이 사람아, 부처님의 가르침은 죽은 사람 살려내고, 육신의 병이나 고치는 요술이 아니란 말일세."

"아, 예. 하오나 스님의 법문을 듣고 마음이 시원하고 편안해져서 병이 없어졌다면 그거야 스님의 설법이 병을 고쳐준 셈이 아니겠습니까요?"

"쓸데없는 소리! 이 원효가 설법을 해서 병을 고쳤다는 소리는 두번 다시 입에 담지도 마시게! 내 말 아시겠는가?"

말씀을 마치신 원효스님은 아무 일도 없었다는 듯이 다시 경을 읽기 시작하였다.

그런 일이 있은 지 며칠 후의 일이었다. 제자가 스님의 방 앞에

서 알렸다.

"스님. 스님. 손님이 오셨사옵니다요."

"아니, 이 어두운 밤에 무슨 손님이 오셨다는 말이던가?"

"예. 저 요석공주마마께서 오셨사옵니다요."

요석공주가 왔다는 제자의 말에 원효스님은 방 문을 열며 다시 물었다.

"누구시라구? 요석공주?"

제자의 뒤에 서있던 요석공주는 원효스님을 보자, 한 발 앞으로 나와서 인사하는 것이었다.

"소녀, 대사님께 문안 올리옵니다."

원효스님도 얼른 합장하며 물었다.

"아, 아니 이 어인 행보이시온지요?"

요석공주가 다시 고개를 숙이며 말했다.

"어마마마의 분부 받자옵고 문안 올리오니 부디 물리치지 마시옵소서."

"왕비마마의 분부시라구요?"

"그렇사옵니다. 어마마마께옵서는 대사님이 법회를 열어주신 덕분으로 병환이 쾌차하셨다 하시고 대사님의 은혜에 만분의 일이라도 보답하고자 친히 대사님의 의복을 지어 내리셨사옵니다. 자, 이 의복을 받아주십시오."

요석공주는 원효스님의 앞으로 비단 보따리를 내미는 것이었다. 그러나 원효스님은 선뜻 받지를 아니하고 조용한 목소리로 말하는 것이었다.

"왕비마마께서 친히 의복을 내리시고, 공주마마께서 손수 전하시니 소승 참으로 몸둘 바를 모르겠습니다마는, 소승 한가지 드릴 말씀이 있사옵니다."

"예, 말씀 내려 주십시오."

"옛날 부처님께서 어느 숲속에 머물고 계실 적의 일이었습니다."

"…… 예."

"하루는 부처님의 이모 되시는 분이 부처님을 찾아 왔지요."

"부처님의 이모 되시는 분이시라면, 어렸을 적에 키워주신 바로 그 이모님을 이르시는 것입니까?"

"그렇습니다. 부처님의 어머님께서 곧바로 돌아가시자, 그때부터 부처님을 키워주신 바로 그 이모님께서 부처님을 위해 옷을 새로 지어서 부처님께 가지고 오신 일이 있었습니다."

"예."

"그때 부처님께서는 이렇게 말씀하셨습니다. '이모님, 이 옷을 헐벗은 수행자나 헐벗은 백성에게 전해 주십시오. 그러면 이 옷은 제가 입은 것이나 똑같습니다.'"

원효스님으로부터 부처님의 일화를 전해들은 요석공주가 물었

다.

"하오면, 이 옷을 다른 스님들께 전하라는 말씀이시온지요?"

"사찰에 계시는 스님들은 헐벗은 스님이 아니 계실 것이니, 헐벗은 백성에게 입히시면 큰 공양이 되실 것이요, 큰 공덕이 되실 것입니다."

"하오나, 대사님. 이 옷은 어마마마께서 친히 지어 내리신 옷이온데 감히 어찌 미천한 백성들에게 입히라 하시옵니까?"

"말씀드리기 죄송하오나, 우리 부처님께서는 귀하다 천하다 구별하고 차별하는 것을 엄히 금하셨습니다."

"하오면 소녀가 대신 옷을 지어 헐벗은 백성들에게 내릴 것이오니 어마마마께서 친히 내리신 이 옷만은 받아주십시오."

"공주마마의 뜻이 그러하시다면 소승 감사히 받겠습니다."

원효스님은 요석공주가 내미는 비단 보따리를 그제서야 받아들었다.

"그대신 소녀, 대사님께 감히 한가지 청이 있사옵니다."

"말씀…… 하시지요."

"소녀도 부처님의 가르침을 널리 배우고자 하오니 부디 소녀에게도 대사님의 가르침을 내려주십시오."

"소승이 감히 어찌 가르침을 내릴 수 있겠습니까마는 인연이 닿으면 전해 드리지요."

"대사님께서 약조를 해주셨으니, 밝은 날 다시 모셔 뵙도록 하겠습니다."

요석공주가 다녀간 지 사흘째 되는날 아침이었다. 황룡사의 주지가 원효스님의 방으로 찾아왔다.

"이것 보시게, 원효스님 안에 계시던가?"

"예, 소승 나가옵니다."

주지는 무슨일인지 얼굴에 가득 웃음을 띠우고 서 있었다.

"주지스님께서 어쩐 일이시온지요?"

"경하할 일이 생겼네."

"예에? 무슨…… 말씀이시온지요?"

"원효, 자네에게 부처님의 자비광명이 비추기 시작했으이."

"부처님의 자비…… 광명이라니요, 스님?"

"왕궁에서 자네를 부르셨단 말일세. 그러니 부처님의 자비광명이 비추신 게 아니고 무엇이겠는가?"

"소승을 무슨 일로 왕궁에서 부른신단 말씀이신지요?"

"허허, 이 사람 원효, 다 알고 있을터인데 왜 시치미를 떼고 이러시는가?"

"시치미라니요, 스님?"

"자네가 법회를 열어 왕비마마의 쾌유를 빌었기에 왕비마마의 병환에 차도가 있었으니 응당 후한 상이 내리기를 기다리고 있었

을 것이 아니던가?"

"……아, 아니옵니다 스님."

"아니긴 뭐가 아니야, 이 사람아! 왕비마마의 병환이 쾌차하셨으니 그래서 자네를 왕궁으로 불러 오늘 점심공양을 내리신다네."

"그런 자리라면 소승, 사양하고 싶사옵니다."

"무엇이라구? 사양하고 싶다?"

"예, 스님."

"허허, 이 사람 이거 큰일 낼 사람일세. 지엄하신 왕비마마의 분부이시거늘 감히 어찌 그런 소리를 함부로 하는고?"

"참으로 사양하면 아니되는 일이옵니까, 스님?"

"아니, 이 사람이 지금 제 정신으로 하는 소린가! 만일 자네가 이런 소리 한 것을 왕궁에서 아시는 날에는 원효 자네는 물론이요, 우리 황룡사 대중들이 무사하지 못할걸세!"

"하오면 꼼짝없이 가야한단 말씀이시옵니까?"

"허허, 이 사람! 아니 그걸 말이라고 하는겐가? 점심공양이라고 그랬으니 행여라도 늦지 아니하도록 미리 당도하시게. 내 말 아시겠는가?"

"예, 알겠사옵니다만……"

"왕비마마께만 잘 보이면 아마도 출세길이 훤히 열릴 걸세. 내 말 명심하게."

이날 원효스님은 하는 수 없이 왕궁으로 들어갔다. 이 당시만 해도 어명을 어기거나 왕실의 분부를 따르지 않는다는 것은 감히 상상할 수 없는 일이었으니 별수없는 일이었다.

원효스님이 안내된 방안으로 들어서자 거기에는 뜻밖에도 요석공주가 기다리고 있었다.

"어서 오십시오, 대사님. 다시 또 뵙게되어 소녀의 큰 광영이옵니다."

원효스님도 합장하여 인사한 후, 요석공주에게 물었다.

"아, 예. 왕비마마께옵서는……?"

"예, 어마마마께옵서는 지금 마침 후원을 거닐고 계시옵니다. 잠시후면 들어오실 것이니 우선 편히 앉으십시오."

"……고맙소이다."

원효스님이 자리에 앉자, 요석공주가 물었다.

"하온데, 대사님?"

"…… 말씀…… 하시지요."

"부처님의 말씀을 전해 듣자오니 이생의 박복한 것은 전생의 업장때문이라 그러셨다던데 그 말씀이 사실이온지요?"

"예. 부처님께서 그렇게 말씀하셨습니다."

"하오면 소녀가 박복한 것도 다 전생의 업장이 두터운 까닭이온지요?"

"무슨…… 말씀이시온지?"

"소문을 들으셨으면 대사님께서도 다 알고 계실 것이옵니다만……"

"소승, 소문같은 것에는 어두운 사람입니다."

원효스님이 무슨 말인지 알아듣지 못하자 요석공주는 자신의 처지를 원효스님에게 말하는 것이었다.

"소녀는, 아바마마께서 왕위에 오르시기 전에 이미 지아비를 맞았었습니다."

"음……"

"허나, 소녀가 박복했던지 사흘만에 지아비가 싸움터에 나갔다가 돌아가시고 말았습니다."

"……"

여기까지 말을 하고난 요석공주는 긴 한숨을 토한 후 다시 말을 이었다.

"전생에 지은 업장이 두터운 탓인지 늘 이렇게 한숨 속에서 십년 세월이 흘렀습니다."

원효스님이 조용히 말했다.

"부처님을 염하시면 마음이 한결 편안해지실 것입니다."

"석가모니불도 염해 보았고, 관세음보살도 불러 보았어요. 허나 소녀의 가슴에는 언제나 쓸쓸한 바람만 지나갔습니다."

"부처님의 말씀에 귀를 기울이십시오."

"부처님께서는 저와 같은 박복한 아녀자에게는 뭐라고 말씀해주셨는지요?"

"지나간 과거는 이미 흘러갔으니 놓아버리라고 이르셨습니다."

"놓아버리려 해도 잊어버리려 해도, 오늘이 너무 허전하니 놓아지지도 아니하고 잊혀지지지도 아니하온데, 대체 어찌하면 좋을런지요, 대사님?"

"인생은 한 토막 꿈이거니 여기라 하셨습니다."

"…… 인생은 한 토막 꿈이라구요?"

"그렇습니다."

"좋은 말씀이시군요. 그러면 기왕지사 인생이 한 토막 꿈이라면 허전하고 삭막한 꿈을 꾸느니, 차라리 즐거운 꿈, 재미있는 꿈, 뿌듯한 꿈을 꿀 수는 없을런지요, 대사님?"

"좋은 꿈을 꾸거나, 악몽을 꾸거나, 깨고 나면 꿈은 모두 허망한 것입니다."

그때 밖에서 사람들의 두런거리는 소리가 들려왔다. 그러자 요석공주는 그만 말을 맺고는 원효스님을 쳐다보았다.

"어마마마께서 오시나 봅니다. 다음에는 소녀가 대사님을 요석궁으로 모시고자 하옵니다."

그날 원효스님은 왕비가 특별히 마련한 진수성찬으로 점심공양

을 대접받았다. 허나 입맛이 당길 리가 없었다. 원효스님이 음식을 먹는둥 마는둥 수저를 내려놓자 왕비가 걱정스럽게 물었다.

"아니 대사님, 공양을 어찌 그리 조금밖에 아니 드십니까?"

"아, 예. 말씀드리기 죄송하오나 출가수행자는 소식(小食)을 하는게 청규인지라 어떤 음식이든 많이는 먹지 못하옵니다."

"하온데, 제가 지어보낸 의복은 어찌하여 입고 오시지 아니하셨습니까?"

"아, 예. 말씀드리기 죄송하오나, 출가수행자는 입고 있는 의복이 헤어지기 전에는 함부로 새옷을 입지 못하옵니다."

"그러면 의복을 바꿔입는 것도 청규로 다 정해져 있다는 말씀이십니까?"

"그렇사옵니다. 일찍이 부처님께서는 헌옷도 함부로 버리지 못하게 이르셨지요."

"그러면 헌옷은 대체 어찌하라 이르셨는지요?"

"예. 헌옷은 버리지 말고 방석의 덮개로 쓰라 이르셨습니다."

"하오면 방석의 덮개로 쓰다가 못쓰게 되면 어찌하라 이르셨습니까?"

"예. 그 다음에는 베개주머니로 만들어 쓰라고 이르셨지요."

"그 다음에는요?"

"부처님께서는 실오라기 하나도 함부로 버리지 못하게 하셨으니, 베개주머니로도 못쓰게 낡으면 그땐 발걸레로 쓰라고 이르셨습니다."
 "그러면 발걸레로 쓰고난 다음에는, 그때에는 버리라고 하셨는가요?"
 "아니옵니다. 부처님께서는 발걸레로 쓰고 더 낡은 걸레는 잘게 썰어서 쓰라고 이르셨지요."
 왕비는 기가 막힌 표정으로 원효스님을 쳐다보며 물었다.
 "세상에! 아니 발걸레로도 못쓸 것을 잘게 썰어서 어디에 쓰신단 말이십니까?"
 "낡은 걸레는 잘게 썰어서 진흙에 섞어 벽 바르는데 쓰라고 당부하셨습니다."
 "세상에! 부처님께서는 참으로 그렇게 가르치셨습니까?"
 왕비의 물음에 원효스님은 다시 부처님의 말씀을 전하는 것이었다.
 "곡식 한 톨, 실 한 오라기도 모두 다 백성들의 피땀으로 이루어진 것이니 감히 어찌 소홀히 할 것이냐고 엄히 가르치셨습니다."
 원효스님의 말에 왕비의 얼굴이 환해졌다.
 "오! 참으로 훌륭하신 가르치심입니다. 오늘부터 우리 왕실에서도 반드시 그 가르침을 따르도록 할 것입니다."
 원효스님이 왕실에 들어가 왕비가 마련한 점심공양을 대접받은

지 닷새째 되던날, 이번에는 왕이 대신을 보내 원효스님을 왕실에 모시게 하였다.

"짐이 심사가 하두 답답하여 대사를 모셔오게 했으니 과히 허물치 마시오."

"예."

"한 나라의 왕위에 오르고 보니 과연 듣던대로 무소불위라, 무엇이든 다 마음대로인데, 이상하게도 마음은 늘 근심 걱정으로 가득하니 이 어인 일입니까, 대사?"

왕의 물음에 원효스님은 아무런 말이 없이 그저 왕의 얼굴을 쳐다보는 것이었다.

"소승 감히 어찌 대왕마마의 흉중을 헤아릴 수 있겠사옵니까마는 부처님께서 이르시기를……."

"그래, 부처님께서는 대체 무어라고 이르셨소이까?"

"대저 사람들은 누구나 자고 나면 크고 작은 근심 걱정으로 편안한 날이 없다고 하셨습니다. 그리고 그 까닭은……."

"그래, 그 까닭은 대체 어디 있다고 하셨소이까?"

"예. 부처님께서는 이 세상 모든 중생들의 크고 작은 근심 걱정이 모두 욕심과 성냄과 어리석음에 있다고 하셨사옵니다."

"욕심과 성냄과 어리석음에 있다?"

왕이 다시 되묻자 원효스님이 말했다.

"부처님께서 그렇게 말씀하셨다는 말씀이지요."

"그래, 그렇다면 어찌하여 욕심과 성냄과 어리석음이 근심 걱정인지 그 내력을 좀 소상히 말해보시오."

"먼저 부처님께서는 이렇게 말씀하셨습니다. 어떤 사람에게 근심 걱정이 열 가지 있다고 하면……"

"그래, 열 가지 근심 걱정이 있다고 하면?"

"우선 그 근심 걱정 가운데 한 가지, 욕심만 내버리고 나면 여섯 가지 근심 걱정은 사라질 것이라고 말씀하셨지요."

"욕심 한 가지만 버리면 근심 걱정 여섯 개가 사라진다?"

"그렇습니다."

"허면 그 다음에는 또 뭐라고 이르셨소이까?"

"예. 그 다음에 성냄 한 가지만 버리고 나면 세 가지 근심 걱정이 저절로 없어진다 하셨지요."

"허! 그러면 욕심을 버려서 여섯 가지 근심 걱정이 사라지고, 성냄을 버려서 세 가지 근심 걱정이 사라지고 나면, 그러면 나머지 한가지 근심 걱정은……"

"어리석은 마음을 버리면 나머지 근심 걱정은 저절로 없어진다고 하셨습니다."

"허면 어리석음이란 대체 어떤 것을 말씀하신 것이오?"

"예. 부처님께서 이르시기를 그릇된 생각에 사로잡힘을 어리석

음이라 하셨으니 천 년 만년 살 것처럼 잘못 생각하고, 형상있는 모든 것들을 영원히 그대로 있는 줄 잘못 생각하여 집착하는 것, 바로 그것이 어리석은 생각인데, 세상만사를 바로 보고 바로 알아 어느 것에도 집착하지 않으면 그 사람을 일러 지혜로운 사람이라 하셨습니다."

원효스님의 법문을 들은 왕 역시 얼굴이 환해졌다.

"허허, 이거 대사님의 법문을 듣고보니 짐의 근심 걱정도 반은 이미 사라졌소이다 그려. 음? 허허허……."

13
자빠진 대나무

왕비가 원효스님을 모셔다가 공양을 대접하고, 대왕마마까지 원효스님을 모셔다가 설법을 들었다는 소문이 퍼지자 원효스님이 머물고 계시던 황룡사에는 밤 늦게까지 설법을 듣고자 찾아오는 왕족 귀족들이 그치지 않았다.

높은 사람이 이러이러한 것을 좋아한다더라 하면 너나없이 우루루 몰려가는 얄팍한 세태는 그때나 지금이나 다름이 없었다. 그러던 어느날 아침 나절이었다. 원효스님을 모시던 제자가 허겁지겁 뛰어오며 원효스님을 불렀다.

"스님, 스님, 손님이 오셨는데요."

"무슨 손님이시란 말인가?"

"공주마마께서 시녀들과 함께 오셨사옵니다."

과연 문밖에는 요석공주가 시녀를 데리고 서있는 것이 아닌가!

"대사님께 문안인사 올리옵니다."

"어인 일로 어려운 행보를 하셨는지요?"

"황룡사의 법당에 불공을 올리러 왔던 길에 대사님의 법문을 듣자옵고자 찾아뵈었사오니, 부디 소녀의 간청을 물리치지 마시옵소서."

"그러시면, 저 마루 위로 오르시지요."

"허락해 주셔서 감사하옵니다."

요석공주는 데리고 온 시녀와 함께 마루 위로 올라앉아 원효스님께 정중히 인사를 올렸다.

"그래, 그동안 평안하셨습니까?"

원효스님이 요석공주에게 물었으나 요석공주의 얼굴은 편안해 보이지를 않았다.

"대사님께서는 부처님을 염하면 마음이 편안해질 것이라 말씀하셨사오나, 소녀 아직 어리석은 중생이온지라 마음이 편안치 못했사옵니다."

늘 마음이 편안치 못했다는 요석공주의 말에 원효스님이 말했다.

"세상에 부러울 것이 없으신 공주마마의 신분이거늘 무엇이 그리도 편안치 못했다는 말씀이십니까?"

"소녀도 그 까닭을 알 수가 없사옵니다."

"의복 때문에 근심 걱정이십니까?"
"아니옵니다."
"병환 때문에 근심 걱정이신가요?"
"아, 아니옵니다."
"허면 대체 무엇 때문에 근심 걱정이란 말이십니까?"
"말씀드리기 부끄럽사오나, 먹어도 편치 못하고, 먹지 아니해도 편치 못하고, 앉아도 누워도 편치못하니 대체 이것이 무슨 병인지요?"
이렇게 말하면서 요석공주는 원효스님의 얼굴을 쳐다보았다.
"소승, 의원이 아닌지라 병에 대해서는 잘 알지 못합니다마는, 마음을 잘 다스려 보시지요."
"마음을 다스리라 하시오면, 대체 어떻게 다스리라는 말씀이온지요?"
요석공주의 물음에 원효스님은 잠시 아무런 말이 없었다. 잠시 후, 원효스님이 조용한 목소리로 말했다.
"이 사람의 마음이라고 하는 것은, 형체도 없고 빛깔도 없고 냄새도 없고 보이지도 아니해서, 볼래야 볼 수도 없고 붙잡으려 해도 붙잡을 수 없으니 심히 다루기가 어렵습니다마는 그렇다고해서 그대로 내버려두면 간사스런 생각, 탐욕스런 생각으로 사람을 나쁜 길로 끌고 갑니다."

요석공주가 다시 물었다.

"마음 다스리는 법을 하교하여 주십시오."

"모든 것을 무상하다 생각하시고, 이 세상 모든 생명 있는 것은 인연에 의해 이루어지고 머물다가 부서지고 없어지는 것임을 늘 염두에 두시면 마음이 고요해지고 편안해질 것입니다."

요석공주는 원효스님의 말을 다시 되뇌는 것이었다.

"…… 모든 것은 무상하다구요?"

"그렇습니다. 산천초목이든 사람이든 항상 그대로 있는 것은 아무것도 없습니다."

"…… 인연에 의해 이루어지고 머물다가 부서지고 없어진다고 그러셨습니까?"

"그렇습니다. 이 세상 형체 있는 모든 것은 인연에 의해 잠시 어우러져서 머물다가 변하고 부서져서 없어지는 것입니다."

원효스님의 말씀에 요석공주는 한숨을 내쉬고는 다시 물었다.

"허지만 다른 사람들은 비록 헐벗고 굶주리면서도 소녀처럼 이렇게 근심 걱정 속에 살지는 않는 것 같사옵니다."

"그럴 리가 있겠습니까? 부처님께서 이르시기를, 이 세상 모든 사람은 근심 걱정이 없는 날이 단 하루도 없다고 하셨습니다."

"하오시면 대사님께서도 근심 걱정이 있으시다는 말씀이시온지요?"

"나도 아직 어리석은 중생, 어찌 근심 걱정을 다 벗었다고 말 할 수 있겠습니까?"

"하오면 대체 대사님께서는 무슨 근심 걱정을 하신다는 말씀이시온지요?"

"삭발출가할 적에 네 가지 큰 서원을 세웠는데, 과연 어떻게 하면 그 네 가지 서원을 다 이룰 수 있을지, 자나 깨나 그것이 근심이지요."

요석공주는 궁금한 듯 원효스님에게 다시 물었다.

"그 네 가지 서원은 대체 무엇무엇이신지요?"

"하고 많은 번뇌를 다 끊는 일, 무량한 부처님 가르침을 다 배우는 일, 수없이 많은 이 세상 중생을 남김없이 다 건지는 일, 위 없는 불도를 기어이 이루는 일— 그것이 출가수행자의 큰 서원이지요."

"…… 수없이 많은 이 세상 중생을 남김 없이 다 건지시겠다고 그러셨습니까?"

"그렇습니다."

"그 많은 중생들은 대체 어찌 다 건지시겠다는 말씀이신지요?"

"아무리 많은 중생들일지라도 부처님의 가르침을 잘 전해 주기만 하면 남김없이 다 건질 수 있을 것입니다."

이 세상의 중생들을 남김없이 다 건지는 일이 원효스님의 서원

중의 하나라는 말에 요석공주가 다시 원효대사에게 매달렸다.

"하오시면 대사님, 이 가엾은 소녀부터 제도하여 주십시오. 부탁이옵니다."

원효스님의 명성은 왕실과 귀족 사이에서만 높아진 것이 아니었으니 승려들 사이에서도 우러르는 사람들이 무척 많았다. 그러니 자연 이상스런 소문이 승려들 사이에서 번지고 번져서 급기야는 원효스님의 귀에까지 전해지게 되었다.

하루는 원효스님을 모시는 제자가 뛰어왔다.

"스님, 스님, 안에 계시온지요?"

"그래, 무슨 일이던가?"

"혹시 스님께서는 알고 계시는지요?"

"무엇을 말이던가?"

"머지 아니해서 스님께서 왕사가 되실 것이라고들 그러던데요."

"무엇이라구? 이 원효가 머지 아니해서 왕사가 된다?"

"예. 대왕마마도 총애하시고 왕비마마도 스님의 법문에 감복하셨고, 공주마마도 스님의 설법에 넋을 잃었으니, 머지않아 원효스님이 왕사가 될 것이요, 그 다음에는 대국통의 큰 벼슬에 오르시게 될 것이다. 다들 그렇게 쑤군거리고 있습니다요."

제자의 말에 원효스님은 얼굴을 찌푸렸다.

"대체 어느 누가 그런 쓸데없는 소리를 하고 있단 말이던가?"

"어느 누가 아니구요, 모두들 모여 앉으면 그렇게들 쑤군거리고 있습니다요."

"이 원효는 왕사도 대국통도 할 생각이 없으니 두번 다시 그런 소리 입에 담지두 말게!"

원효스님은 두번 다시 그런 말에 대꾸도 하기 싫다는듯 이렇게 말씀하시고는 문을 닫아버렸다.

그러나 머지 아니해서 원효스님이 왕사가 되고 대국통이 되어 이 나라 불교계를 한 손에 쥐고 흔들게 될 것이라는 소문은 꼬리에 꼬리를 물고 온 장안에 퍼지게 되었다.

그러던 어느날 저녁 나절이었다.

요석공주가 시녀를 데리고 다시 원효대사를 찾아온 것이었다.

"대사님께 요석궁 소녀 문안드리옵니다."

요석공주의 빈번한 방문에, 원효스님은 이번엔 다소 퉁명스런 목소리로 요석공주를 맞았다.

"대체 또 무슨 일이십니까?"

"어마마마께서 소녀더러 찾아뵙고 전해 올리라 분부하셨기에 찾아뵈었사옵니다."

"무슨 말씀이십니까?"

"초하룻날 밤 요석궁에서 아바마마와 어마마마께서 대사님의 법문을 듣고싶다 하셨사옵니다."

"……."

"어인 일로 대답조차 아니 하시는지요, 대사님?"

"잘 들었소이다. 허나 이 원효도 중생인지라 그때까지 살아 있을지 그것은 나도 모르겠소이다!"

"예에? 무엇이라구요?"

이상스런 소문도 소문이려니와 원효스님은 이제 대왕마마도 왕비마마도, 공주마마도, 왕족도 귀족도 다 귀찮고 번잡스러워 못견딜 지경이었다.

그날밤 원효스님은 울적한 심사를 어쩌지 못한채 방문을 활짝 열어놓고 캄캄한 밤하늘을 바라보고 있었다. 마침 어디선가 소쩍새마저 구슬피 울어서 마음이 한층 더 어둡기만 하였다. 그때 어둠 속에서 갑자기 큰 목소리가 들려왔다.

"이것 보시오, 원효스님!"

"아니, 누구십니까?"

"헤헤, 나요 나, 늙은 거렁뱅이 대안이외다."

어둠 속에서 불쑥 튀어나온 사람은 다름아닌 대안대사였다.

"아니, 대안대사님, 이 어두운 길에 어쩐 일이시옵니까? 어서 들어오시지요."

"어쩐 일은…… 자, 그럼 잠시 실례 좀 하겠소이다."

대안대사는 원효스님의 방으로 성큼 들어왔다.

"자, 이쪽으로 앉으십시오."
원효스님과 마주앉은 대안대사는 앉기가 무섭게 한마디 하는 것이었다.
"으음…… 그래, 듣자하니 요사이 원효스님이 재미가 아주 좋으신 모양입디다 그려?"
대안대사의 물음에 원효스님이 풀죽은 목소리로 대답하였다.
"출가수행자에게 재미가 무슨 재미란 말씀이십니까, 대사님?"
"대왕마마께서 모셔가고, 왕비마마께서 모셔가고, 게다가 공주마마까지 홀딱 반해가지구 황룡사 문지방이 번들번들해졌다고들 그러더구먼…… 음 허허허……."
대안대사의 말에 원효스님은 당황스러워서 말도 제대로 나오지 않았다.
"그, 그런게 아니옵구요, 대사님……."
"그런게 아니기는 뭐가 아니란 말이요! 이 늙은 거렁뱅이는 이래뵈두 앉아서 천 리를 다 듣는 사람이외다!"
"글쎄 대사님, 왕궁에 불려간 것은 사실이옵니다마는……."
"공주마마가 들락날락 하신 것두 어김없는 사실일테구…… 그렇지 않소?"
"그야 물론 몇 번 왔다 간 것만은 사실이옵니다마는……."
"머지 아니 해서 왕사가 되고, 그 다음에는 또 대국통이 될 것이

라는 소리가 벌써 장안에 파다하게 퍼졌던데……?"

원효스님의 표정이 다시 굳어졌다.

"소승도 그런 해괴한 소리를 듣기는 들었습니다마는……."

"그러면 본인은 알지도 못하는 일인데, 소문만 그렇게 퍼졌다 그런 말이시오?"

"소승은 참으로 아는 바가 전혀 없는 일이옵니다."

"벼슬하고 출세하는 거야 참으로 좋을 것이오!"

"그게 아니옵니다, 대사님."

"대왕마마에 왕비마마에 공주마마의 총애를 한 몸에 받게되고 왕족, 귀족들 사이에서 법문이나 하고 있으면…… 세월아, 네월아 하고 좋긴 좋을거구먼……."

대안대사가 자꾸만 이렇게 놀리자 원효스님은 대안대사의 말을 막았다.

"그만 하십시오, 대사님."

"자, 내 그래서 왕사가 되실 원효스님을 위해서 이렇게 그림을 한 폭 그려왔으니, 이 그림을 내가 돌아간 뒤에 찬찬히 펴보도록 하시오……."

대안대사는 이 한마디를 남기고는 다시 어둠 속으로 사라져버렸다.

대안대사가 돌아간 후, 원효스님은 등잔에 불을 켜고 그 그림을 펼쳐보았다. 그리고는 그만 아연해졌다.

　늙은 거렁뱅이로 자처하고 돌아다니는 대안대사가 던져주고 간 그림을 펼쳐보니, 와죽(臥竹)이었다. 다시 말하자면 자빠진 대나무 그림이었던 것이다.

　"아니, 세상에…… 이건 자빠진 대나무가 아닌가!"

　원효스님의 귀에 마치 대안대사의 목소리가 들리는 듯했다.

　"허허허허…… 대나무가 드러눕게되면 세상에 이런 대나무를 어디다 쓸것인고…… 응? 허허허……."

　원효스님은 고개를 마구 흔들었다. 그리고는 마치 앞에 대안대사가 앉아 있기라도 한것처럼 큰 소리로 말하는 것이었다.

　"잘못 보셨습니다, 대사님! 세상에 그래 이 원효가 어찌 자빠진 대나무가 될 것입니까? 이 세상 대나무가 다 쓰러져 드러눕는다 해도, 이 원효는 결코 쓰러지지도 드러눕지도 아니 할 것입니다!"

　자빠진 대나무 그림 한 장에 충격을 받은 원효스님은 그 길로 걸망을 챙겨 짊어지고 온다 간다는 말도 없이 황룡사를 나왔다.

　원효스님은 정처없이 발길을 옮기고 있었다. 그런데 등뒤에서 자꾸만 스님의 걸망을 붙들고 늘어지는 것만 같은 소리가 귓전에 울려오는 것이었다.

　"저 많은 중생들을 남김 없이 다 제도하시겠다고 그러셨지요?

그러면 이 가엾은 소녀부터 제도해 주십시오, 예? 대사님, 부탁이 옵니다. 예? 대사님……"

그리고 또 한편 대안대사의 칼날같은 목소리가 원효스님의 귓전을 때리는 것이었다.

"허허허…… 대왕마마에 왕비마마에, 거기다 공주마마의 총애를 한 몸에 받고, 왕족이다 귀족이다 그들 틈에 끼어서 설법이나 하고 있으면 좋을 것이구먼……응? 허허허…… 허지만 대나무가 드러누워있으면 세상에 그런 대나무를 어디다 쓸 것인고? 응?…… 허허허허……"

원효스님은 정처없이 발걸음을 옮기다 말고 문득 그 자리에 섰다. 등에 짊어진 걸망 안에는 그동안 써내려가던 발심수행장이 아직 완성되지 못한채 들어 있었다.

"그래, 이 발심수행장만은 무슨 일이 있더라도 다 완성해서 이것을 여러벌 필사해서 젊은 승려들에게 널리 나누어 주어야 한다. 그래…… 절을 떠나는 것은 그 후에 해도 늦지 않을 것이다."

원효스님은 거기서 발길을 돌려 어둠 속에서 방향을 살핀 뒤 분황사가 있는 쪽으로 천천히 걸음을 옮기기 시작하였다.

그날밤 원효스님은 다시 분황사로 들어가서 뒷방 한 칸을 얻어 젊은 수행자들에게 당부하는 발심수행장을 써내려가기 시작하였다.

'부처님이 열반의 세계에 드신 것은
오랜 세월동안 욕심을 끊고 고행하신 덕분이요,
중생들이 불타는 집에 윤회하는 것은
끝없는 세상에 탐욕을 버리지 못한 탓이다.
누가 막지 아니하는 극락이지만 가는 사람이 적은 것은
삼독의 번뇌를 자기의 재물인 양 여기기 때문이요,
유혹이 없는데도 지옥세계에 들어가는 사람이 많은 것은
네 마리 독사와 다섯가지 욕락을 마음의 보배로 잘못 여긴 까닭
이다.
그 누군들 산속에 들어가 도닦을 생각이 어찌 없으랴마는,
저마다 그러하지 못함은 애욕에 얽혀있기 때문이다.
비록 산속에 들어가 마음을 닦지는 못할지라도
자기의 능력에 따라 착한 일을 버리지 말라.
세상의 욕락을 버리면 성현처럼 공경받을 것이요,
어려운 일을 참고 견디면 부처님처럼 존경받을 것이다.
 재물을 아끼고 탐하는 것은 악마의 군속이요,
자비스런 마음으로 베푸는 것은 부처님의 제자이다.
높은 산 험한 바위는 지혜로운 이가 거처할 곳이요,
푸른 소나무가 들어선 깊은 골짜기는 수행자가 살아갈 곳이다.
주리면 나무열매도 그 창자를 달래고,

목마르면 흐르는 물을 마셔 갈증을 풀어라.
맛있는 음식을 먹어도 이 몸은 언젠가는 죽을 것이요,
비단옷으로 감싸보아도 목숨은 마침내 끊어지고 만다.
메아리 울리는 바위굴로 염불당을 삼고,
슬피 울어대는 기러기를 마음의 벗으로 삼으라.
예배하는 무릎이 얼음같이 시려도 불을 생각지 말고,
주린 창자가 끊어질듯 하여도 먹을 것을 생각지 말라.
백 년이 잠깐인데 어찌 배우지 아니할 것이며,
일생이 얼마길래 닦지 아니하고 놀기만 할것인가.'

원효스님은 뒷방에 들어앉아 오직 글쓰는 일에만 몰두하였다. 아침 저녁 예불에 참여하는 일 이외에는 그야말로 두문불출이었다.

'마음속의 애욕을 버린 이를 사문이라 하고,
세상일을 그리워하지 않는 것을 출가라 하네.
수행하는 자가 비단옷을 입는 것은
개가 코끼리 가죽을 둘러쓴 격이요,
도닦는 사람이 애정을 품는 것은
고슴도치가 쥐구멍에 들어간 것과 같다.

지혜로운 사람이 하는 말은
쌀로 밥을 짓는 것과 같고,
어리석은 사람이 하는 짓은
모래를 삶아 밥을 지으려는 것과 같다.
사람마다 밥을 지어
주린 창자를 달랠줄은 알면서도
부처님의 가르침을 배워
어리석은 마음을 고칠 줄은 모르는구나.
지혜와 행동이 갖추어짐은
수레의 두 바퀴와 같고,
자기도 이롭고 남도 이롭게 하는 것은
날아다니는 새의 두 날개와 같다.'

이렇게 원효대사가 온 정성을 기울여 한 자 한 자 써내려간 발심수행장은 오늘날까지도 젊은 수행자들이 그뜻을 두고두고 새기며 따르고 있으니 시공을 초월한 훌륭한 길잡이 역할을 하고 있다고 하겠다.

14
시자 심상이를 얻다

하루는 원효스님이 거처하는 뒷방으로 주지스님이 찾아왔다.
"원효스님, 안에 계시는가?"
"예."
원효스님은 얼른 방문을 열었다.
"들어오시지요."
"또 무슨 글을 짓고 계시는가?"
"예, 생각나는 것이 있기에 몇 줄 적고 있었습니다. 들어오시지요."
"아닐세. 내 이 아이를 데려왔으니 오늘부터 이 아이의 시봉을 받도록 하시게."
그러고 보니 주지스님의 뒤에는 열 서너살 가량 되어 보이는 사내 아이가 서 있었다.

"아, 아니옵니다. 소승 아직 시봉받을 처지가 아니옵니다."
"공연한 고집 부리지 말고, 먹물 가는 일부터 이 아이를 시키시게. 자, 어서 인사 올리지 아니하고 무얼 하느냐?"
주지스님이 다그치자, 사내 아이는 꾸벅 고개를 숙였다.
"예, 사미 심상이 인사올리옵니다. 어여삐 여기시고 거두어 주십시오."
"어 그래, 너 아주 영특하게 생겼구나."
"그러면 난 그만 돌아갈 것이니 이 아이를 잘 가르쳐 주시게. 잘만 다듬으면 쓸만한 재목이 될 것이야."
주지스님이 시봉 들 아이를 데려다 주고 가신뒤, 원효스님은 아이와 마주 앉았다.
"그래, 네 이름이 심…… 무엇이라고 그랬더냐?"
"예, 심상이라고 하옵니다."
"그래, 허면 나이는 올해 몇이나 되었느냐?"
"예, 열네 살이옵니다."
"오, 그래. 그런데 절에는 대체 언제 들어왔느냐?"
"예. 아홉 살 적에 들어왔사옵니다."
"그러면 양친 부모님은 어디 계시더냐?"
"아버님께서는 싸움터에 나가셔서 돌아가셨고, 어머님께서는 병으로 돌아가셨습니다."

"원 저런! 그래서 올 데 갈 데 없어서 절에 왔더란 말이더냐?"

"아, 아니옵니다. 올 데 갈 데가 없어서 절에 온 게 아니오라 어머님의 유언을 따른 것이옵니다."

"어머님의 유언을 따른 것이라니?"

"예, 소승의 어머님께서는 병 들어 돌아가시기 전에 저의 손을 꼭 쥐신채 이렇게 말씀하셨습니다. '만일 이 에미가 세상을 뜨거든, 심상이 너는 이 마을에서 살지도 말것이요, 농사군도 되지 말고…… 장사치도 되지 말고…… 군졸도 되지 말고…… 절간에 들어가서 스님이 되어야 할 것이니…… 너는 그래야 오래 살게 될 것이다. 이 에미 말, 부디 명심하거라. 알아 들었지?……응?' 이렇게 유언을 하셨습니다."

심상이의 말에 원효스님이 다시 물었다.

"어, 그래…… 그러면 절에 들어와서 글공부는 좀 하였더냐?"

"예."

"그럼, 어디…… ."

원효스님은 심상이 앞에다 종이를 펴 놓으셨다.

"내가 써놓은 이 글을 한번 새겨 보겠느냐?"

"……예.…… 부…… 처님이 열반에 드신 것은, 오랜 세월 욕심을 끊으시고 고행하신 덕분이요…… 중생들이 불타는 집에 윤회하는 까닭은…… 끝없는 세상에 탐욕을 버리지 못한 때문이다……."

심상이가 제법 글을 새기자, 원효스님의 얼굴에 기쁨의 빛이 역력하였다.
"그 다음 구절도 알아 보겠느냐?"
"예. 누가 막지도 아니하는 극락이지만…… 가는 사람이 적은 것은…… 삼독의 번뇌를 자기의 재물인 양 여기는 까닭이며, 유혹이 없는데도 나쁜 세상에 많이 들어가는 것은 네 마리 독사와 다섯 가지 욕락을 그릇되게 보배로 삼은 까닭이니라."
원효스님은 흡족하여서 빙그레 웃음까지 짓는 것이었다.
"어 그래, 그만하면 글 보는 눈이 보통이 아니구나."
그러나 심상이는 제법 심각한 얼굴로 원효스님을 쳐다보며 묻는 것이었다.
"하온데, 스님."
"그래, 왜 그러느냐?"
"다른 말씀은 다 알아보겠사옵니다만, 여기 이 네 마리 독사라는 말은 무슨 말씀이신지요?"
"네 마리 독사가 무슨 말인지 모르겠단 말이더냐?"
"예."
"네 마리 독사라고 한 것은 이 몸뚱이를 이루고 있는 지수화풍 네 가지를 이름이니라."
"지수화풍이라면 흙과 물과 불과 바람이라는 말씀이십니까?"

"그래……. 인연따라 지수화풍이 모여 이 몸을 이루었다가 인연이 다하면 다시 지수화풍으로 흩어져 돌아갈 것인데, 중생들이 어리석게도 이 몸을 보배처럼 여기고 있다는 말이다."

깨우침으로 인하여 심상이의 얼굴이 금방 밝아졌다.

"가르침 내려주셔서 고맙습니다요, 스님."

원효스님의 시봉을 들게된 나이 어린 사미승 심상이는 참으로 영특했으니 원효스님은 매우 기뻐하였다.

"이것 보아라, 심상아."

"예, 스님."

"너는 그러면 이 글귀 가운데서 다른 글은 다 알아보겠느냐?"

"예."

"그러면 오욕락은 대체 어디서 생겨난다고 그러셨더냐?"

"예, 다섯가지 욕심은 색, 성, 향, 미, 촉에서 생겨난다 하셨으니, 첫째는 모양에서 생기고, 둘째는 소리에서 생기고, 셋째는 향기에서 생기고, 넷째는 맛에서 생기고, 다섯째는 촉감에서 생긴다 하셨습니다."

"그래, 심상이 너 그동안 아주 공부를 착실히 해왔구나. 그러면 중생이 근심 걱정 괴로움에 빠지게 되는 다섯 가지 욕락은 대체 무엇무엇이던고?"

"예……. 중생들이 지니고 있는 다섯 가지 욕락은 그 첫째가 재물욕이요, 그 둘째가 색욕이요, 그 셋째가 음식욕이요, 그 넷째가 명예욕이요, 그 다섯째가 수면욕이라 하셨습니다."

"그래, 그래. 심상이 네 글 솜씨가 그만하면, 내 너에게 맡길 일이 있느니라."

"예, 스님. 분부 내려 주십시오."

원효스님은 심상이 앞에 여러 장의 종이를 펼쳐놓으셨다.

"그동안 내가 써놓은 이 글들을 열 벌이고 백 벌이고 옮겨 쓰도록 해라."

심상이가 궁금한듯 원효스님에게 물었다.

"……옮겨 써서 어디에 쓰시려구요, 스님?"

"이 절, 저 절, 공부하려는 젊은 수행자들에게 나누어 줄 것이니라."

"아, 예. 알겠습니다요, 스님."

원효스님은 다시 글짓는 일에 매달렸다.

"지수화풍 네 가지는 곧 흩어지는 것이라, 이몸이 오래 살기를 기약 할 수 없네. 세상의 욕락에는 고통이 따르는 법이거늘 무엇을 그토록 탐할 것이며, 한번 참으면 길이 즐거울텐데 어찌하여 닦지 아니 하는가.

탐욕을 내는 것은 수행자의 수치요, 출가한 사람이 재물을 모으

는 것은 세상의 웃음거리거늘 어찌 그리 탐착하며, 다음 다음 하면서도 어찌 애착을 끊지 못하는가!

금년 금년 하면서 번뇌는 한량없고, 내년 내년 하면서도 깨달음을 얻지 못하네.

시간 시간 지나가 어느새 하루요, 하루 하루 지나가 어느덧 한 달이요, 한 달 두 달 지나가 문득 일 년 지나가고, 일 년 이 년 뒤바뀌어 죽음에 당도하니, 부서진 수레는 구르지 못하고, 늙은 사람은 닦을 수가 없네."

이 무렵, 원효스님이 수행자들에게 당부한 글을 지으신 것이 바로 오늘날까지 그대로 전해진 발심수행장인데, 이 발심수행장은 실로 1300여 년의 세월이 지난 오늘날에도 많은 수행자들에게 귀감이 되고 있다.

그런데 원효스님이 분황사에 몸을 숨긴채 저술에만 몰두하고 있던 어느날이었다. 심상이가 원효스님을 부르며 뛰어와서는 웬 서찰을 내미는 것이었다.

"스님께 이 서찰을 전해 올려달라고 하옵니다요."

"어디서 보낸 서찰이라고 그러더냐?"

"자세히는 모르겠사옵니다만 요석궁에서 온 시녀라고 하였사옵니다."

"요…… 석궁에서 온 시녀라?"
"예."
원효스님은 서찰을 받아서 펼쳐 보았다.

"원효대사님께 세 번 절하옵고 감히 아뢰옵니다. 대사님께서 홀연히 황룡사를 떠나 옥체를 감추신 후, 대사님 계신 곳을 백방으로 수소문하던 중 오늘에야 대사님께서 분황사 조석예불에 참예하신다는 말을 전해 듣고 부랴부랴 먹을 갈아 이 글월을 올리옵니다.
아바마마와 어마마마를 모신 가운데 대사님의 설법을 듣는 것이 소원이었사오나 대사님께서 홀연히 황룡사를 떠나셨으니 소녀의 낙담은 실로 헤아리기 어려웠사옵니다.
엎드려 절하옵고 다시 비옵나니 긴긴 세월을 한숨으로 지새우는 이 어리석은 소녀를 가엾이 여기시어 부디 요석궁에 왕림하시와 자비로운 감로법문을 설해 주옵소서."

원효스님은 서찰을 다 읽은 후 다시 그대로 접었다. 그리고는 심상이를 불렀다.
"이것 보아라."
"예, 스님."

"요석궁에서 왔다는 시녀는 아직 밖에 있느냐?"

"예. 스님의 회답을 가져가야 한다면서 대령하고 있습니다요."

"나가서 이렇게 전하도록 해라."

"예. 무엇이라고 전해 올릴까요?"

"불공을 드리시려면 골골마다 사찰이 있으니 법당으로 가시면 좋을 것이요……."

"예."

"설법을 듣고자 하신다면 법회가 열리는 날, 법회에 참석하시라고 말이다."

"하오면 스님이 설법하시는 법회는 언제 열린다고 전할까요?"

"내가 설법할 법회는 아직 정해진 바 없느니라."

요석궁에 들어와서 왕과 왕비와 공주를 위해 설법을 해달라는 요석공주의 간청을 원효스님은 받아줄 수가 없었다. 그러나 원효스님의 설법하는 모습을 한번 보고 그만 넋을 빼앗긴 요석공주는 그후로도 수시로 시녀를 보내어 원효스님을 위해 맛있는 음식을 보내고, 옷을 지어 보내오는 것이었다. 그래서 원효스님은 또다시 걸망을 챙겨 짊어진채 시자 하나만을 데리고 분황사를 떠나 남산으로 들어갈 작정이었다.

15
모든 것에 걸림없는 사람

원효스님을 만나 그간의 이야기를 다 듣고난 대안대사는 웃기부터 했다.

"허허허허…… 아니, 이것 보시게 원효스님."

"예, 대사님."

"듣고보니, 원효스님은 요석공주의 손길을 피해서 황룡사 분황사를 떠나셨단 말이시던가?"

대안대사의 물음에 원효스님이 대답하였다.

"자빠진 대나무가 되지 말라고 경계하신 분은 바로 대사님이 아니십니까?"

"허허허허…… 대안, 대안, 대안이로다! 요석궁에 요석공주가 새벽스님 원효스님한테 홀딱 반했으니…… 어허…… 대안, 대안, 대안이로다."

 대안대사가 웃으며 이렇게 말하자, 원효스님은 심기가 불편하였다.

"대사님."

"으음?"

"어쩌자고 이렇게 소승을 놀리시옵니까?"

"원 거 무슨 말씀, 나같은 늙은 거렁뱅이가 감히 어찌 천하에 제일 가는 원효스님, 아니 원효대사를 놀리겠는가!"

"꾸짖으실 일이 있으시면 엄히 꾸짖으실 것이지, 참으로 어찌 이리 희롱만 하십니까?"

"이것 보시게."

"말씀하십시오."

"의상과 더불어 당나라로 건너가려다가 무덤 속에서 해골에 고인 물을 마셨다고 그러셨겠다?"

"예, 그랬습지요."

"그때, 원효스님은 대체 무엇을 보셨다고 그러셨던가?"

"심생즉 종종법생이요, 심멸즉 종종법멸이라. 한 생각 일어나면 갖가지 법이 일어나고, 한 생각 사라지면 온갖 법도 사라짐을 보았습니다."

"지금도 그 생각에는 변함이 없으시던가?"

"예, 그렇습니다."

원효스님이 대답하자 대안대사는 원효스님의 얼굴을 가만히 쳐다볼 뿐 잠시 아무런 말이 없었다.
　잠시후, 대안대사가 나지막한 목소리로 말하였다.
　"그렇다면, 원효스님!"
　"예, 대사님!"
　"지금 곧 요석궁으로 가시게."
　대안대사가 원효스님에게 느닷없이 요석궁으로 가라고 하자, 원효스님은 도대체 대사가 무슨 말을 하는 것인지 알아들을 수가 없었다.
　"무슨…… 말씀이십니까? 소승더러 요석궁으로 가라니요?"
　원효대사의 물음에 대안대사가 말했다.
　"오늘 아침 동냥을 하면서 들은 얘기네마는 요석공주가 요새 제정신이 아니라네."
　"제 정신이 아니라면……?"
　"웃다가 울다가 심지어는 목을 매달아 죽으려고까지 했다는구면."
　대안대사의 말에 원효대사가 물었다.
　"대체 무슨 까닭으로 말씀입니까?"
　"상사병이겠지."
　"상사병이라니요?"

"요석공주가 인사불성이 되었을 적에 왕과 왕비가 의원을 데리고 달려갔더니만 요석공주는 헛소리를 해대면서도 그저 원효대사, 자네만을 불렀다는구먼. 이렇게 말일세. '원효대사님…… 원효대사님…… 이 불쌍한 중생을 제도하여 주십시오……. 원효대사님…… 원효대사님…… 원효대사님…….' 나중에는 울먹이기까지 하면서 말이야."

원효스님은 대안대사가 자신을 놀리는 줄 알고 언짢게 말했다.

"아니 대사님, 또 이렇게 소승을 희롱하려 드십니까?"

"희롱은 무슨 희롱! 그대는 그럼 어찌 하시겠는가?"

"무엇을 말씀이십니까?"

"그대가 다시 한번 해골에 담긴 물을 마시면 가엾은 한 중생이 새로운 세상을 만나게 될 것이요, 그대가 만일 해골에 담긴 물을 불결하다 하여 마시지 아니하면 어리석은 중생이 어리석은 채로 이 세상을 떠나게 될 것이니, 이 일을 당하여 그대는 과연 어찌 하실 것인가?"

"하오나, 대사님!"

"심생즉 종종법생이요, 심멸즉 종종법멸이라 깨달았거늘 그대는 어찌하여 아직도 해골 물과 바가지 물을 분별하려 드는고!"

대안대사가 다그치자, 원효대사는 시무룩한 목소리로 말하였다.

"하오나 대사님, 소승은 결코 자빠진 대나무가 될 수는 없사옵니다."
 "내가 언제 그대에게 자빠진 대나무가 되라고 했던가! 자빠진 대나무도 없고, 서있는 대나무도 없을 때, 그대 홀로 서 있을 것이야!"
 원효대사는 혼잣말처럼 말했다.
 "서있는 대나무도 없고, 자빠진 대나무도 없을 때라……?"
 다시 한번 대안대사가 원효대사를 채근했다.
 "요석궁으로 가시게. 아니지, 그곳이 토굴이면 어떻고, 움막이면 어떻겠는가! 다만 거기 괴로운 중생 하나가 허우적거리고 있으니, 자빠진 대나무도 되지 아니하고 서있는 대나무도 되지 아니하는 뚜렷한 한 길이 바로 거기 있을지 또 누가 알겠는가? 자, 그럼 이 늙은 거렁뱅이는 찬밥덩이나 얻으러 또 가야겠네."
 대안대사는 이렇게 말하고는 요령을 흔들어대며 대안, 대안, 대안이라 외치며 걸어 나가는 것이었다. 대안대사가 떠나버린 뒤 원효스님은 홀연히 한 밝은 빛을 보았다.
 "그렇다! 한 생각 사라지면 모든 법이 사라지고, 한 생각 생겨나면 모든 법이 생겨나나니, 일체무애인, 일도출생사— 모든 것에 걸림없는 사람이 한 길로 생사를 벗어나도다! 모든 것에 걸림없는 사람이 한 길로 생사를 벗어나도다!"
 이때부터 원효스님은 바가지에 줄을 꿰어 주렁주렁 몸에 걸고

다니며 손으로 바가지를 두드려 장단을 맞춰 무애가를 부르고 다녔으니 세상 사람들이 이상히 여기는 것은 당연한 일이었다. 허나, 원효스님은 세상 사람들이 이상히 여겨 쑥덕거리는 것쯤은 아랑곳하지도 않았다.

"일체 무애인
일도 출생사.
모든 것에 걸림없는 사람이
한 길로 생사를 벗어나도다!

일체 무애인
일도 출생사.
모든 것에 걸림없는 사람이
한 길로 생사를 벗어나도다!"

천하에 명성을 떨친 원효대사가 느닷없이 정신나간 사람처럼 바가지를 꿰어차고 바가지 장단을 두드려가며 무애가를 부르고 돌아다녔으니 답답한 것은 스님의 시자인 심상이였다.
"아이구, 스님. 아이구, 스님. 스님, 대체 어인 일이시옵니까? 예?"

"어인 일이기는 이 녀석아, 무엇이 어찌 되었다는게냐?"

"아이구, 스님. 세상에 이게 무엇입니까요, 예? 남들이 버린 헌 바가지를 주렁주렁 꿰어차시고……. 세상에 이게 어찌된 일이시냐구요?"

"인석아, 귀가 있거든 바로 들어라. 일체 무애인, 일도 출생사거니 모든 것에 걸림없는 사람이 한 길로 생사를 벗어나느니라."

심상이가 이렇게 아무리 말해도 소용이 없었다.

"아이구, 부처님. 우리 스님이 저 미친 늙은 거렁뱅이 대사하고 며칠 어울리시더니만……. 아이구, 우리 스님도 실성을 하신 모양이십니다요……. 아이구, 스님임……."

심상이가 계속 원효스님의 옷을 잡고 늘어지자, 원효스님은 버럭 소리를 질렀다.

"허허, 이 녀석 어찌 이리 소란을 떨고 이러는고? 이 옷자락 놓지 못하겠느냐?"

"아이구 스님, 제발 이러시지 마십시오. 스님, 참으로 스님께서 실성을 하셨습니까요, 예? 스님?"

"실성을 하기는 이 녀석아, 자, 자세히 보아라, 바로 보란 말이다!"

"어……디를 자세히 보구, 바로 보라는 말씀이시옵니까요, 스님?"

"저기 저 서라벌을 보아라, 서라벌이 불타고 있고, 왕궁이 불타고 있고, 요석궁이 불타고 있다!"

"예에? 불…… 타고 있다니요, 스님?"

"욕심의 불, 원한의 불, 어리석음의 불, 서라벌이 타고 있고, 왕궁이 타고 있고, 요석궁이 타고 있고, 주막이 타고 있고, 움막이 타고 있고, 세상이 온통 타고 있구나."

심상이가 다시 원효대사의 옷자락을 잡으며 애원하였다.

"아이구, 스님…… 제발 제발 이러시지 마시옵고 분황사로 돌아가십시다요. 스님, 예?"

나이어린 시자가 아무리 옷자락을 붙잡고 사정을 해도 원효스님은 조금도 개의치 아니하고 또다시 바가지 장단에 맞추어 노래를 부르는 것이었다.

"수허몰가부
아절지천주…….
누가 자루없는 도끼를 빌려주면
나는 하늘 고일 기둥을 깎으려네.
수허몰가부
아절지천주…….
누가 자루없는 도끼를 빌려주면

나는 하늘 고일 기둥을 깎으려네."

　원효스님이 이렇게 바가지 장단에 맞추어 그 뜻도 알 수 없는 노래를 부르며 서라벌 장안을 돌아다니는 바로 그때, 요석궁에는 태종 무열왕이 요석공주의 병을 염려하여 친히 납시어 계셨다.
　"공주는 대체 무슨 일로 이리 병이 생겼더란 말인고?"
　"…… 죄송하옵니다, 아바마마……. 소녀의 소원 한 가지만 들어주시오면 참으로 여한이 없겠나이다."
　"그래, 공주의 소원은 과연 무엇이더란 말인고?"
　"…… 원효대사, 원효대사의 설법을 한번만 더 듣도록 허락하여 주옵시면 여한이 없을 것이옵니다."
　"원효대사의 설법을 한번만 더 듣고 싶다고 그랬느냐?"
　"예―."
　"알았느니라. 내 어명을 내려서라도 원효대사를 요석궁으로 모실 것이니 공주는 아무 걱정 하지 말고 쉬도록 하라."
　"…… 아바마마."
　"그래, 또 무슨 소원이라도 있다는 말이더냐?"
　"원효대사…… 원효대사님을 요석궁으로 모시더라도 행여 법도에 어긋나는 일은 없도록 해 주십시오."
　"그것은 또 무슨 말이던고?"

"…… 나라에서 으뜸가시는 대사님이시니 행여라도 예의에 어긋나는 일이 있어서는 아니될 것이옵니다."

"알았느니라."

그렇게 태종 무열왕이 원효대사를 찾아오라 일렀으나 원효대사는 황룡사에도 없고, 분황사에도 없었으니 태종 무열왕은 애가 닳았다.

"원효대사가 황룡사에도 없고, 분황사에도 없다면 나라 안을 샅샅이 뒤져서라도 반드시 찾아내야 할 것이니, 만일 닷새 안에 원효대사를 대령시키지 아니하면 그때에는 엄한 벌을 면치 못할 것이니라. 그리고 또 한 가지 이르거니와 원효대사를 모실 적에는 반드시 국빈의 예로써 모셔야 할 것이니, 이 점 각별히 유념토록 하라."

공주의 한가지 소원을 들어주려는 태종무열왕의 엄한 분부에 온 나라안이 발칵 뒤집힌 것은 물론이다.

16
나를 스님이라 부르지 말거라

이 무렵 원효대사는 이상스런 벙거지를 머리에 덮어쓰고 헌 바가지를 주렁주렁 꿰어차고 다니며 바가지 장단에 맞추어 그 괴상한 노래를 부르고 다녔으니, 천하의 원효대사가 그러고 다닐 줄이야 어느 누구도 알아차리지 못하는 것은 당연한 일이었다.

"수허몰가부
아절지천주…….
누가 자루없는 도끼를 빌려주면
나는 하늘 고일 기둥을 깎으려네.

수허몰가부
아절지천주…….

누가 자루없는 도끼를 빌려주면
나는 하늘 고일 기둥을 깎으려네."

이렇듯 이상스런 노래를 부르고 돌아다니며 밥을 얻어먹고 지내니 이 이상스런 노래는 어느새 서라벌 장안에 파다하게 퍼졌고 결국은 태종 무열왕에게까지 이 사실이 알려지게 되었다.

"무엇이? 이상스런 차림에 괴상한 노래를 부르고 다니던 미치광이 걸인이, 알고보니 원효대사였더란 말이더냐?"

"그렇사옵니다, 대왕마마."

"허면, 원효대사가 대체 무슨 괴상한 노래를 부르고 다니더란 말인고?"

"예. 무슨 뜻인지는 알 수가 없사오나…… 수허몰가부, 아절지천주……누가 자루없는 도끼를 빌려주면, 나는 하늘 고일 기둥을 깎으려네…… 뭐 그런 노래라 하옵니다.

"…… 누가 자루없는 도끼를 빌려주면, 나는 하늘 고일 기둥을 깎으려네……?"

"그렇사옵니다."

태종 무열왕은 다시 한번 입속으로 중얼거리는 것이었다.

"…… 누가 자루없는 도끼를 빌려주면…… 오! 이제야 내 그 뜻을 알겠도다. 이는 필시 원효대사께서 주인없는 귀한 여인을 얻어 큰 인물을 낳겠다는 뜻이니 장차 이 나라에 큰 현자가 나온다면 그보다 더 좋은 일이 또 어디에 있을 것인가!"
"대왕마마, 어인 말씀이시온지요?"
"아, 아니다. 그대는 자세히 들으라!"
"예, 대왕마마."
"기필코 오늘 밤 안으로 원효대사를 요석궁으로 모셔야 할 것이니라."
"예, 분부대로 거행하겠사옵니다."
"그리고 원효대사를 요석궁 안으로 모신 다음에는 반드시 사방의 대문을 단단히 걸어 잠궈, 그 누구도 나가지 못하게 해야 할 것이니라."
이렇게 해서 태종 무열왕의 어명을 받은 관원들이 서라벌 장안에 쫙 퍼져 원효대사를 찾아 나섰는데, 이런 사실을 모르는 원효대사는 이때가 마침 저녁 무렵이라 서라벌 장안으로 들어가 저녁밥을 얻어 자시려고 그 괴상한 노래를 부르면서 남산으로부터 문천다리를 건너오고 있었다.

"수허몰가부
아절지천주…….
누가 자루없는 도끼를 빌려주면

나는 하늘 고일 기둥을 깎으려네."

이때, 태종 무열왕의 어명을 받은 관원들이 원효대사에게로 몰려갔다.

"이것 보시오, 원효대사. 꼼짝말고 그 자리에 서시오!"

원효대사는 우르르 몰려오는 관원들을 보고는 그 자리에 멈추어 섰다.

"아니, 이거 낭패로구나. 문천다리 위에서 이게 대체 웬일이람. 앞에도 관원이요, 뒤에도 관원이니……. 이것들 보시오, 대체 무슨 까닭으로 나를 앞뒤로 에워싸는 것이오?"

신하가 대답하였다.

"제발 꼼짝 마시고 그 자리에 그대로 계십시오! 대사님을 붙잡아 모셔다가 요석궁에 감금하라시는 어명이 떨어졌소이다."

"무엇이라구? 나를 붙잡아다가 요석궁에 감금시킨다?"

"제발, 제발 그대로 서 계십시오."

"어, 어림없는 소리! 감히 어찌 나를 붙잡아 간단 말인가! 어, 어—."

원효대사는 그만 중심을 잃고 문천다리 밑으로 떨어지고 말았다.

"아이구 대사님! 여봐라, 대사님이 개천에 빠지셨다. 어서 가서 구해 오너라."
 원효대사는 문천다리 위에서 관원을 피하려다가 그만 실족하여 물에 철퍼덕 빠지고 말았다. 그리하여 꼼짝없이 관원들에게 붙잡히는 신세가 되고 말았다.
 원효대사가 아무리 몸부림을 쳐보았으나 항우장사같은 우람한 관원들의 힘을 당해낼 재간은 없었다. 원효대사는 물에 흠뻑 젖은 채로 별수없이 요석궁 안으로 끌려 들어가게 되었다.
 "자, 자, 공연히 몸부림치지 마시고 어서 안으로 들어가십시다. 자, 자—."
 관원의 말에 원효대사가 벽력같이 소리를 질렀다.
 "천하의 이런 고약한 것들이 있는가! 이거 당장 놓지 못하겠느냐?"
 "허허, 글쎄 어명이시라는데도 감히 거역하실 셈이시오?"
 "어명이건 왕명이건 세상에 이런 무례한 짓들이 어디 있단 말인가!"
 "글쎄 소관들이야 어명을 받들뿐이니 어서 들어가시기나 합시다. 자, 자—."
 그때 요석공주의 목소리가 들려왔다.
 "거기들 멈추어라! 세상에 이런 무례한 짓들이 어디 있느냐?"
 "아이구, 공주마마. 그런 것이 아니옵구요……."

"듣기 싫소! 대사님은 내가 직접 정중히 모실 것이니 어서들 비키시오!"

요석공주를 본 원효대사가 말했다.

"허허, 이게 대체 무슨 짓이란 말이오?"

"저들의 허물을 용서하십시오, 대사님. 소녀가 대신 사죄올리옵니다."

해는 이미 기울어 사방은 어두운데 요석공주의 추상같은 호령 한마디에 관원들이 물러가니 요석궁 뜰 안에는 원효대사와 요석공주 둘만이 남게 되었다.

요석공주가 반가운 목소리로 말했다.

"대사님, 이렇게라도 만나뵙게 되오니 소녀 참으로 광영이옵니다."

원효대사가 젖은 옷에서 뚝뚝 떨어지는 물을 손으로 툭툭털며 물었다.

"공주의 병환이 지중하다 들었거늘 그동안 쾌차하셨소이까?"

"대사님께서 요석궁 안에 드셨다는 소리를 전해듣고 기운이 솟았나 보옵니다."

"어쨌든 쾌차하시어 다행입니다."

"그만 안으로 드셔서 옷부터 갈아 입도록 하시지요."

"문천에 빠졌더니 옷이 젖었소이다."

"그렇지 아니해도 대사님께 보내 올리려고 옷을 지어 놓았사온데, 때 맞추어 물에 빠지셨으니 마침 잘 되었사옵니다."

요석공주의 말에 원효대사가 웃으며 물었다.

"허허, 허면 옷을 미리 지어 놓으시고 이 중이 문천에 빠지기를 기다리기라도 하셨다는 말씀이십니까?"

요석공주가 당황하여 말했다.

"아, 아니옵니다. 소녀가 감히 어찌 그런 무례한 생각을 할 수가 있었겠사옵니까? 어서 그만 안으로 드시지요."

원효대사는 시녀가 안내하는대로 먼저 욕실로 들어가서 맑은 물로 몸을 씻고 옷을 갈아 입었다. 방안으로 안내되어 들어가니 그 방안에는 이미 정성들여 차려놓은 저녁 공양상이 기다리고 있었다.

원효대사는 아주 맛있게 저녁 공양을 들었다.

"이거 모처럼 참으로 잘 먹었습니다."

"황망중에 모신 자리라 빈찬이옵니다마는 조금만 더 드시도록 하시지요."

"아, 아닙니다. 그동안 식은 밥만 얻어 먹고 지내다가 느닷없이 더운 밥을 먹었더니 전에 없이 많이 먹었습니다."

"하오면 소녀, 상을 물리도록 하겠사옵니다."

"그러시지요."

저녁상을 물린뒤 이윽고 교교한 요석궁의 적막을 흔들면서 거문고 가락이 울려오기 시작하였다. 원효대사를 위해 요석공주가 한 곡을 타는 것이었다.

요석공주가 거문고 연주를 마치고 원효대사를 쳐다보니, 원효대사는 두 눈을 감고 조용히 앉아있었다.

요석공주가 조용히 원효대사를 불렀다.

"대사님, 주무시옵니까?"

"아, 아닙니다."

"소녀, 이 문 밖에 앉아서 대사님의 법문을 듣고자 하옵니다. 허락하여 주옵소서."

"옷을 빌어입고 저녁공양을 얻어 먹었으니, 그 값을 치루라는 말이시지요?"

"아, 아니옵니다. 그런 뜻으로 드린 말씀이 아니오라……"

"불쾌하게 여기지는 마십시오. 소승도 사실은 농으로 드린 말씀이었습니다."

"대사님께서도 농을 다 하실 줄 아시옵니까?"

"애간장을 끊는듯한 거문고 소리를 듣고나니 소승도 그만 넋을 빼앗겼나 봅니다."

"대사님……"

"예, 말씀하시지요."

"부처님께서 이르시기를 옷자락만 스쳐도 전생의 인연이라 하셨다던데 과연 그 말씀이 맞는 말씀인지요?"

"이 세상에서 만난 것만도 전생의 깊은 인연이라 할 것입니다."

"하오시면, 오늘 이렇게 소녀가 대사님을 만나뵙게 된 것도 전생의 인연이옵니까?"

"…… 오늘 이렇게 만나는 것은 아마도 삼세의 인연이라 할 것입니다."

"삼세의 인연이라 하시면……."

"삼세의 인연은 전생의 인연, 금생의 인연, 내생의 인연이요, 오늘의 만남은 전생의 인연과 그 전생의 인연이 있었다 할 것입니다."

"하오면 대사님께서는 그 깊은 속세의 인연을 어찌 하시려는지요?"

요석공주의 갑작스런 물음에 원효대사는 잠시 말이 없었다.

"내 아마도 전생에 공주에게 진 빚이 참으로 많은가 합니다."

요석공주가 다시 물었다.

"그러시면 전생에 지신 빚을 대체 언제쯤 갚으실 작정이시옵니까?"

"기왕 붙잡혀 들어온 몸이니 빚을 갚지 아니하구서야 나갈 수 없겠지요."

"농으로 하시는 말씀은 아니시옵니까?"
"아닙니다. 저 황촉불부터 좀 꺼주십시오."

이렇게 해서 원효대사는 요석궁에서 요석공주와 함께 사흘밤을 보내게 되었다. 짧다면 짧고, 길다면 긴 사흘밤이 괴로운 밤이었는지, 아니면 즐거운 밤이었는지 그것은 그 누구도 모르는 일이었다.
 원효대사가 요석궁에서 사흘밤을 보낸뒤, 나흘째 되던 날 아침이었다. 원효대사는 요석공주에게 속인들이 입는 옷 한 벌을 구해오라 이르는 것이었다.
 "아니 대사님, 무슨 까닭으로 속인들이 입는 옷을 구해오라 이르시옵니까?"
 "나는 이미 부처님이 이르신 계를 파계한 사람, 감히 어찌 승복을 몸에 걸칠 수가 있겠소?"
 "하오시면 대사님께서는……"
 "나를 이제는 대사니, 스님이니 그렇게 부르지 마시오. 파계한 자는 스님이라는 말을 들을 자격이 없는 것입니다."
 "그러시면 아예 세속으로 환속하셔서 소녀와 함께 머물러 주시겠사옵니까?"
 "그럴 수는 없습니다."
 "아니 그러시면 대체 어찌 하시겠다는 말씀이시온지요?"

"부처님의 제자로 한평생 살겠노라 서원을 했던 몸, 허나 이제 계율을 어겼으니 속복으로 갈아입고 한평생 거사로 살아갈 것입니다."

원효대사가 승복을 벗고 속인의 옷으로 바꿔 입겠다고 말하자, 요석공주는 원효대사가 환속하겠다는 말인 줄로 알아듣고 기쁜 내색이었으나, 거사로 살겠다는 말에 도무지 원효대사의 마음을 알 수가 없었다.

"대사님, 대체 무슨 말씀을 어찌 하시는지 소녀는 도무지 갈피를 잡을 수가 없사옵니다."

원효대사는 요석공주를 앉혀놓고는 조용히 말문을 열었다.

"그러실 것입니다. 허나 지금부터는 내 말을 분명히 잘 들으셔야 합니다."

"…… 예. 말씀하십시오."

"중생의 번뇌를 털고 천상의 즐거움으로 올라가는 데는 오직 계율이라는 사다리가 있을 뿐입니다. 헌데 나는 이미 그 계율을 깨뜨린 사람, 계율을 제대로 지키지 아니한 자가 남의 복밭이 되려고 수행자 행세를 하는 것은 마치 날갯죽지가 부러진 새가 거북이를 입에 물고 하늘을 나르려는 것과 같은 어리석은 짓이지요."

요석공주는 울먹이며 원효대사에게 물었다.

"하오시면 대사님께서는…… 차라리 환속하시와 소녀와 함께 이

요석궁에 계시오면 될 일이 아니오니까?"

"다시 한번 당부드리거니와 앞으로는 어떤 일이 있어도 나에게 대사님이니 스님이니 하지 마십시오. 계율을 깨뜨린 자가 스님 행세를 하고, 스님 소리를 들으면 그 자에게는 지옥이 삼천 개도 넘을 것입니다."

"그러면 대체 앞일을 어찌 하시겠다는 말씀이시온지요?"

"오늘부터 나는 거사로 살아갈 것입니다."

"거사로 살아가시려면 소녀와 함께 사셔도 되는 일이 아니온지요?"

"계행이 없는 살덩이는 아무리 길러도 이익이 없고, 덧없는 목숨은 둘이 함께 살면서 아무리 아껴도 보전키 어렵습니다."

"하오시면 소녀는 대체 어찌 하라는 분부이시오니까?"

"나는 이미 계율을 깨뜨린 사람이라 승복을 입을 자격이 없지만 그렇다고 세속에 묻혀 허망한 오욕락에 묻힐 수는 없는 일이지요."

요석공주는 참다못해 울먹이고 말았다.

"너무 하시옵니다…… 너무 하시옵니다, 참으로 너무 하시옵니다."

"인생은 60을 살아도, 70을 살아도, 허망하고 괴롭기는 사흘밤을 지내고 헤어지는 것과 조금도 다를 것이 없습니다. 지내고 나면 모두가 한토막 꿈이지요."

요석공주가 다시 애원하였다.

"아무리 한토막 꿈이라 할지라도 기왕지사 꿈을 꿀 바에는 한 달이나 일 년쯤 더 꾸면 아니되는 것이옵니까?"

"이미 꿈인줄 알았으면 빨리 깨어나셔야지요. 꿈인줄 알면서도 꿈속에 계신다면 장차 그 일을 어찌 하시겠습니까?"

요석공주는 다시 눈물을 흘리고 있었다.

"…… 모르겠사옵니다, 모르겠사옵니다……. 소녀는 어리석어서 모르겠사옵니다."

원효대사가 다시 조용한 목소리로 말하였다.

"자, 나는 이제 이 요석궁을 떠나야겠으니 공주께서는 어서 대문을 열어주시오."

"지금 당장 떠나시겠다는 말씀이시옵니까?"

"지금 떠나는 것이나, 이틀 후에 떠나는 것이나, 십 년 후, 오십 년 후 죽어서 떠나는 것이나 허망하고 괴롭기는 같은 것입니다."

그러나 요석공주는 원효대사의 말을 들으려하지 않았다.

"아니되시옵니다, 아니되시옵니다…… 지금은 떠나지 못하시옵니다."

원효대사가 다시 조용히 요석공주를 타일렀다.

"공주님은 정신을 차리셔야 합니다. 그리고 지혜롭게 세상을 사

셔야 합니다."

요석공주가 원효대사의 옷자락을 잡고 매달렸다.

"기왕지사 파계를 하셨으니 차라리 환속하셔서 아바마마의 부마가 되어 당당하게 사시면 될 일이 아니옵니까, 예?"

"임금님의 부마가 아니라 임금님이 된다고 해도 허망하기는 같을 것이니 나는 홀로 거사의 길을 걸어갈 것입니다. 어서 속인의 옷을 가져다 주시고, 공주께서 손수 대문 빗장을 열어 주십시오."

원효대사는 요석궁에 들어간 지 나흘째 되던 날, 기어이 승복을 벗어놓고 속인의 옷으로 갈아 입은채 요석공주가 열어준 대문을 통해 천천히 천천히 바깥 세상으로 걸어나왔다.

요석궁을 뒤로 한채 한걸음 한걸음 문천교를 향해 걸어나오자 문천교에서 요석궁을 바라보며 지키고 서 있던 나이어린 시자 심상이가 달려오면서 원효대사를 불렀다.

"스님, 스님, 스니임."

"그래, 심상이로구나. 그동안 별 일은 없었더냐?"

"소승은 스님께서 붙잡혀 가셨다는 소리를 듣고 이제나 풀려 나오시려나 저제나 풀려 나오시려나 저 다리 위에서 기다리고 있었사옵니다요."

"그래, 그래. 그동안 나 때문에 고생이 많았겠구나."

"하온데 스님, 승복은 어쩌시고 이런 속인의 옷을 입으셨습니까요?"

　원효스님을 자세히 쳐다보던 심상이가 물었다.
　시자, 심상이의 물음에 원효대사가 조용히 입을 뗐다.
　"이것 보아라, 심상아!"
　"예, 스님."
　"이제부터 나를 스님이라고 불러서는 아니될 것이다!"
　"무슨…… 말씀이시옵니까, 스님?"
　"나는 이미 스님이 아니니 스님이라 불러서는 아니된다는 말이다!"
　"예에? 아니 스님께서 스님이 아니시라니 대체 무슨 말씀이십니까요?"
　심상이가 다시 묻자, 원효대사는 괴로운 표정을 지었다.
　"나는 이미 파계를 했으니 스님이 아니다! 그래서 승복도 벗고 속인의 옷으로 바꿔 입었으니 결코 나에게 스님이라는 소리는 두 번 다시 해서는 아니될 것이야!"
　"하오면 대체 무어라 부르란 말씀이십니까요?"
　"나를 이제는 소성거사라고 불러라. 아, 아니다. 소성거사보다도 더 형편없는 복성거사가 제격일 것이다!"
　"보…… 복성거사라구요?"
　"그래. 복성거사, 이제부터 나는 복성거사이니라!"

원효대사는 속인 복장에 벙거지를 뒤집어 쓰고 뒤웅박 장단에 맞추어 노래를 부르고 돌아다녔다.

"이 한목숨 태어남은
한조각 뜬구름 생겨남이요,
나무아미타불—.
이 한목숨 스러짐은
한조각 뜬구름 사라짐이라.
나무아미타불—.
이 세상 부귀영화
풀잎에 이슬이요, 물위에 거품이네.
나무아미타불—.
콩심으면 콩이 나고
팥심으면 팥이 나니
나무아미타불—.
복을 지어 복을 받고
죄를 지어 벌을 받네.
나무아미타불—.
착한 일만 하려해도
인생 육십 잠깐이니

나무아미타불—.
짓세 짓세 복을 짓세
하세 하세 착한일 하세.
나무아미타불—.
짓세 짓세 복을 짓세
하세 하세 착한일 하세.
나무아미타불—."

이렇게 원효대사가 이상스런 차림으로 바가지 장단에 노래를 부르고 돌아다녔으니, 원효대사 뒤에는 자연히 많은 사람들이 줄줄 따라다니게 되었다. 걸인패, 광대패들은 물론이요, 나중에는 아이들 어른들 할것없이 원효대사의 뒤를 따라다니는 것이었다.
하루는 거리에서 지나가던 한 사내가 그 행렬을 보고 말했다.
"허허, 저 거렁뱅이 별 희한한 타령을 하고 다니네 그려……."
"그러게 말이우. 하는 소리로 보아서는 백번 천번 옳은 소리만 하니 예삿 거렁뱅이는 아닌것 같기두 하구……."
할머니가 맞장구를 쳤다.
"비럭질을 해도 입담이 좋아야 한다고 그러더니 과연 저 거렁뱅이는 입담 하나는 청산유수라니까요."
그러자, 옆에 서있던 시자 심상이가 나서서 한마디 했다.

"이것 보십시오, 자꾸 그렇게 거렁뱅이, 거렁뱅이 그러지 마시라구요!"

"아니?"

"허허, 이런! 지나가던 동자승께서 어째 시비란 말이신고 이거?"

"저 분이 대체 어떤 분이신지 알고나 거렁뱅이, 거렁뱅이 그러십니까요?"

심상이의 말에 사람들이 되물었다.

"저 분이 어떤 분인지 아느냐니?"

"아니, 저 거렁뱅이가 대체 누구란 말이신가 그래?"

심상이가 속이 상해 죽겠다는 듯이, 모여있는 사람들에게 말했다.

"저 분이 바로 저 유명한 원효대사란 말씀입니다요."

그러자 한 사내가 깜짝놀라서 다시 묻는 것이었다.

"무엇이? 원효대사?"

옆에서 듣고있던 할머니도 눈이 휘둥그레져서 물었다.

"아니 그러면 대왕마마께옵서도 친히 모셔다가 설법을 들으신다는 바로 그 원효대사님이시라구?"

"그렇습니다요! 저 분이 바로 그 원효대사이십니다요! 공연히 제대로 알지도 못하고 거렁뱅이, 거렁뱅이 그러지들 마시라구요."

시자승 심상이는 이렇게 말하고는 가던 길로 가는 것이었다.

"세상에, 저분이 원효대사님이라니……."

바가지를 두드려 장단을 맞추면서 노래를 부르고 돌아다니는 이상한 걸인이, 저 유명한 원효대사라는 소문이 퍼지게 되자 원효대사의 뒤를 따라 다니는 사람들이 더욱더 늘어나게 되었다. 그뿐만 아니라 원효대사가 노래를 부르면 뒤따르던 수많은 사람들이 나무아미타불을 합창하는 것이었으니 그 행렬은 그야말로 장관이었다.

"이 한목숨 태어남은
한조각 뜬구름 생겨남이요."

이렇게 원효대사가 선창을 하면 뒤따르던 사람들은 다같이 '나무아미타불—.' 하는 것이었다.

날이 어둡도록 이렇게 돌아다니며 노래를 부르던 원효대사는 밤이 되면 서라벌을 벗어나 고목나무 밑에 몸을 기대고 앉아 고단한 몸을 쉬었다.

그때 시자승 심상이가 원효스님에게로 다가와서는 작은 목소리로 원효스님을 불렀다.

"저…… 스님, 주무시옵니까요?"

"으음? 아니, 너는 심상이가 아니더냐?"

"소승 차마 발길이 떨어지지 아니해서 이렇게 스님 뒤를 따라왔구면요."

원효대사는 심상이가 스님, 스님 하자 얼굴을 찌푸리며 말씀하셨다.

"내 이미 이르지 않았느냐, 나를 더 이상 스님이라고 부르지 말라고 말이다!"

"하오나 스님을 스님이라 아니하면 어찌 하란 말씀이십니까요?"

"부처님 계율을 깨뜨린 자는 더이상 스님이 아니니, 소성거사, 아니 복성거사라 불러야 할 것이다."

"하오나, 스님. 소승이 감히 어찌 스님을 거사라 부를 수 있겠사옵니까요?"

심상이가 자꾸 스님이라고 부르자, 원효대사는 큰 소리로 심상이를 꾸짖었다.

"아니될 소리! 두번 다시 나를 스님이라 부르지 말 것이요, 만일 이를 어기면 이 주장자로 칠 것이니라!"

원효대사는 나이 어린 제자 심상이를 엄히 꾸짖기는 했으나 한편으로는 측은한 생각이 들기도 하였다. 그래서 나지막히 심상이를 불렀다.

"이것 보아라, 심상아."

"예, 스님."

"스님이라는 소리는 하지 말라고 그랬다."

"……예."

"너는 부처님께서 엄히 이르신 다섯 가지 계율을 알고 있느냐?"
"예, 알고 있사옵니다."
"대체 무엇 무엇이던고?"
"예, 첫째는 불살생이니, 산목숨을 죽여서는 아니될 것이옵니다."
"그 다음은 무엇이더냐?"
"예, 둘째는 불투도이니, 주지 아니한 물건을 훔쳐서는 아니될 것이옵니다."
"세번째는 무엇이더냐?"
"예, 세번째는 불음행이니, 음행을 해서는 아니될 것이옵니다."
"그 다음은 무엇이던고?"
"예, 네번째는 불망어이니, 거짓말을 해서는 아니될 것이옵니다."
"다섯번째는 무엇이더냐?"
"예, 다섯번째는 불음주이니, 결코 술을 마셔서는 아니될 것이옵니다."

제자 심상이가 또박또박 대답을 하자 원효대사는 흡족한 듯 얼굴에 미소를 머금었다.

"그래, 제대로 알았느니라. 헌데 그 다섯 가지 가운데서도 살생, 투도, 사음, 망어, 이 네 가지를 어기면 이는 바라이죄, 다시 말하면 수행자의 자격을 잃는 것이니, 이 네 가지 죄를 지은 자는 절에서 쫓겨나는 법이요, 다시는 승려 행세를 해서는 아니 되는 것이

다."

그러자, 심상이가 원효대사에게 물었다.

"하오면 스님께서는 바라이죄를 지으셨다는 말씀이시옵니까?"

"그래…… 내 이미 바라이죄를 지었거니와 그러고도 감히 어찌 승려라 할 수 있겠느냐?"

"참회하시면 될 일이 아니옵니까요?"

"참회한다고 해서 될 일이 아니다."

심상이가 답답해서 원효대사의 얼굴을 쳐다보았다.

"하오시면 대체 어찌 하시렵니까요?"

원효대사는 심상이의 얼굴을 가만히 바라보시다가 말씀하셨다.

"옛날 부처님께서 살아계실 적에 유마힐 거사가 계셨다. 그 유마힐 거사가 말씀하시길 중생이 병들면 보살도 아프고, 중생이 괴로우면 보살도 괴롭다고 하셨느니라."

"…… 중생이 병들면 보살도 아프고, 중생이 괴로우면 보살도 괴롭다구요?"

"너도 차차 알게 될 것이다마는 나는 차라리 나무로 깎은 부처님처럼 법당에만 있지 아니하고 땅군, 걸인패, 광대패들과 함께 백성들 속에서 지낼 것이다."

"하오시면 정말로 다시는 스님 노릇을 안하시렵니까요?"

심상이의 물음에 원효대사는 먼 하늘을 바라보며 말했다.

"다시는 이 몸에 승복을 입는 일은 없을 것이다."
"하오시면 소승은 대체 어찌하라는 말씀이시옵니까요, 예?"
심상이가 자꾸만 조르자, 원효대사는 매몰차게 말하였다.
"몇번을 말해야 알아 듣겠느냐? 너는 속히 분황사로 돌아가서 착실히 수행하고 열심히 공부해야 할 것이다."
"…… 정말 너무하십니다요. 소승을 이렇게 버리시다니, 참으로 너무 하십니다요……"
심상이가 고개를 숙여 울먹이자, 원효대사는 심상이의 등을 토닥거려 주었다.
"너는 머리가 영특한 아이니, 경학을 열심히 참구하면 훗날 반드시 큰 그릇이 될 것이다. 내 말 명심해서 부지런히 닦도록 하여라."
심상이는 원효대사의 말이 들리지도 않는듯 내내 훌쩍이고만 있었다.

17
한 생각 벗어버리면 극락이니

 한편 왕궁에서는 원효대사가 요석궁에서 사흘밤을 지낸 뒤에 속복으로 바꾸어 입고 요석궁을 나갔다는 소리를 들은 태종무열왕이 요석공주를 불러들였다.
 태종무열왕이 안쓰러운 얼굴로 요석공주에게 물었다.
 "원효대사가 사흘만에 속복으로 갈아 입고 요석궁을 떠났다고 하던데 그것이 사실이더냐?"
 "…… 예, 사실이옵니다. 소녀가 문을 열어드렸사옵니다."
 "허허, 기왕지사 일이 그리 되었거든 붙잡아야 마땅한 일이거늘 어찌 문을 열어주었단 말이더냐?"
 요석공주가 작은 목소리로 말했다.
 "말씀 올리기 황송하오나 구만 리 장천을 훨훨 날아다녀야 할 봉황을 비좁은 새장에 감히 어찌 가둬 놓을 수가 있겠사옵니까?"

무열왕이 되물었다.

"무엇이라구? 구만 리 장천을 날아다닐 봉황이라고 그랬느냐?"

"그렇사옵니다. 소녀가 뵙기에 원효대사님은 구만 리 장천을 거침없이 날아다닐 봉황이었사옵니다."

요석공주의 말에 무열왕이 혀를 차며 말했다.

"허허, 이거 두 가지 일이 다 낭패로구나."

"여쭙기 황송하오나 아바마마께옵서는 어찌 두 가지 일이 낭패라 하시옵니까?"

"처음에, 나는 원효대사를 대국통으로 삼아 나랏일을 보필케 하려 했었느니라. 그리고 두번째로는 원효대사를 요석궁으로 보내기왕 일이 그리 이루어지면 차라리 환속을 시켜 부마로 삼을 작정이었거늘, 두 가지 일이 다 낭패로 끝나고 말았으니, 이제라도 원효대사를 데려다 요석궁에서 살도록 하면 어떻겠는고?"

무열왕의 의견에 요석공주가 반대의 뜻을 나타내었다.

"말씀드리기 황송하오나 그것은 아니될 일이온줄 아옵니다."

"어찌하여 아니된다는 말이던고?"

"소녀, 이미 말씀올렸거니와 원효대사께서는 구만 리 장천도 비좁다 하실 큰 봉황이온데, 비좁은 새장에 가둬 장차 그 일을 어찌 하시렵니까?"

"아니, 그러면 공주는 그 원효대사를 원망도 아니한단 말이더

냐?"

　무열왕의 물음에 요석공주가 대답하였다.
　"아니옵니다, 아바마마. 이 박복한 소녀가 원효대사님을 사흘동안 모신 것만도 황송스러운 일이거늘 감히 어찌 원효대사님을 원망하겠사옵니까? 평생의 광영으로 알고 흠모할 것이옵니다."
　무열왕이 다시 물었다.
　"다시 한번 잘 생각해 보아라. 공주가 원하기만 한다면 내 원효대사를 붙잡아서라도 요석궁에서 살게 할 것이니라."
　무열왕이 이렇게 말하자, 요석공주가 만류하였다.
　"아, 아니옵니다, 아바마마. 절대로 그리 하셔서는 아니되시옵니다."
　태종 무열왕은 독수공방으로 요석궁을 지키고 있는 요석공주가 측은하기 짝이 없었다. 그래서 기왕지사 일이 그렇게 된 바에야 원효대사를 강제로라도 붙잡아서 요석공주의 품에 안겨주고 싶었던 것이다.
　"공주는 다시 생각해 보아라. 참으로 원효대사를 원망하지 않는단 말이더냐?"
　"예, 아바마마. 박복한 소녀, 사흘동안 모신 것만 해도 감사할지언정 추호도 원망같은 것은 있을 수가 없사옵니다."
　무열왕이 다시 물었다.

"허면 원효대사와는 언제 또 만나기로 약조라도 있었느냐?"

"아니옵니다, 아바마마. 대사님께서는 약조같은 것은 없으셨사옵니다."

"허허, 저런…… 그렇다면 공주는 아무 기약조차 없이 스스로 대문을 열어 원효대사를 그냥 내보냈단 말이더냐?"

"그렇사옵니다, 아바마마. 하오나 소녀, 사흘동안 대사님을 모시면서 감로수와도 같은 자비 법문을 한량없이 들었으니 추호도 여한이 없사옵니다."

"대체 그 원효대사가 무슨 법문을 들려주었기에 그리도 여한이 없단 말이던고?" "

"대사님께서는 소녀에게 이렇게 법문을 해주셨습니다."

요석공주는 원효대사가 법문을 해주던 때가 생각이라도 나는듯 두 눈을 반짝이며, 태종 무열왕에게 원효대사가 들려준 법문을 전하는 것이었다.

'이 세상 고달픈 중생들은 오늘도 밑 빠진 독에다 물을 붓고 있음이니, 아무리 애간장을 태우면서 물을 길어다 부어도, 밑 빠진 독에 감히 어찌 물이 가득 차기를 바랄 수 있을 것입니까? 사람의 욕심은 밑 빠진 독과 같아서 아무리 채우고 채워도 가득 차지 않는 법. 한 푼을 가진 사람은 열 푼 갖기를 원하고, 열 푼을 손 안

에 넣으면 열 냥 갖기를 원하게 되니 재물욕을 채우려는 것은 마치 밑 빠진 독에다 물을 가득 채우려는 것과 같다고 할 것입니다. 벼슬 욕심, 명예 욕심 그리고 음욕 또한 그와 같은 것, 채우고 채우고, 또 채워도 가득 차지 아니하니 애간장이 닳아서 발버둥을 치다가 아까운 세월을 보내고 나면, 그 사람은 어느새 호호백발, 이 세상을 떠날 때가 닥쳐옵니다.

사람이 정작 이 세상을 떠날 적에는 재물도, 벼슬도 다 놓아두고, 남편도 아내도 다 놓아두고, 자식도 형제도 아무 소용없이 쓸쓸히 혼자 가게 됩니다.

시신이 땅에 묻혀 세월이 가면 이 내 육신마저 흔적없이 사라지고, 흙은 흙대로, 물은 물대로 흩어져 없어지니, 이것이 인생의 모습이지요.

한 그루 나무도 삼백 년을 사는데, 백 년도 채 못살고 없어질 이 몸, 무엇이 그리 탐난다고 욕심을 낼 것이며, 무엇이 그리 그립다고 발버둥을 칠 것이며, 무엇이 그리도 밉다고 원한을 품을 것입니까?

그대로 있는 것은 아무것도 없는데, 영원한 나의 것은 아무것도 없는데, 생겨나고 머물다가 부서지고 없어질 이 세상 모든 것은 허망한 것인데, 무엇을 집착하고 탐할 것입니까?

욕심도 번뇌도 놓아버리십시오. 애정도 미움도 다 벗어버리십시오.
 한 생각에 집착하면 지옥이 생기고, 한 생각 벗어버리면 극락입니다.'

 원효대사의 법문을 전한 요석공주는 태종 무열왕을 바라보며 말을 이었다.
 "……대사님의 이런 법문을 듣고난 이후, 소녀의 마음은 편안해졌습니다, 아바마마."
 "……오 ……그래 ……. 나도 원효대사를 모셔다가 법문을 듣고 싶구나."

 그 무렵, 원효대사는 여전히 바가지 장단을 쳐가면서 나무아미타불을 노래하고 다녔으니, 이제는 서라벌 장안 백성들 사이에서는 원효대사가 부르는 나무아미타불 노래를 모르는 이가 없을 정도였다.

 "이 세상 부귀영화
 풀잎에 이슬이요, 물위에 거품이네.
 나무아미타불ㅡ.

콩심으면 콩이 나고
팥심으면 팥이 나네.
나무아미타불ㅡ.
복을 지어 복을 받고
죄를 지어 벌을 받네.
나무아미타불ㅡ.

착한 일만 하려해도
인생 육십 잠깐이니
나무아미타불ㅡ.
짓세 짓세 복을 짓세
하세 하세 착한일 하세.
나무아미타불ㅡ."

원효대사가 이렇게 백성들과 어우러져 한참 신명나게 나무아미타불 노래를 불러대며 서라벌 장안을 돌아다니고 있을 때였다. 마침 저쪽에서 늙은 걸인 차림의 대안대사가 요령을 흔들어대며, 원효대사에게 다가오는 것이었다.

"대안, 대안, 대안이로다! 대안, 대안, 대안이로다! 이것 보시게, 원효대사! 그동안 재미가 여여하셨는가?"

"그동안 별고 없으셨습니까, 대사님?"

"이 늙은 거렁뱅이야 작년에도 이러했고, 어제도 이러했고, 오늘도 또 이러하거늘 원효대사는 어떠하셨는고?"

"소인은 이제 원효도 아니고 수행자도 아니요, 복성거사가 되었습니다."

"복성거사가 되었다?"

"그렇사옵니다."

"허허, 그러고보니 승복도 벗어 던졌네 그려―. 응? 허허허……. 대안, 대안, 대안이로다! 대안, 대안, 대안이로다!"

늙은 걸인으로 자처하는 대안대사는 날이 어두워지자, 원효대사를 이끌고 어느 움막으로 들어갔다. 그리고는 원효대사에게 이렇게 말하는 것이었다.

"이것 보시게, 복성거사! 비단 금침에 호의호식에 대국통 자리가 기다리고 있었는데 어쩌자고 이렇게 거렁뱅이 신세가 되셨더란 말이신가?"

"자빠진 대나무 신세보다야 낫지요."

"그러면 그대는 이제 서 있는 대나무가 되었더라 그런 말이신가?"

원효대사는 대안대사를 바라보며 말했다.

"서 있는 대나무도 안중에 없고, 자빠진 대나무도 안중에 없습니

다."

"허허, 그러고보니 그대가 또 한번 한 소식 하셨네 그려—. 그래, 요석궁 공주는 제도하셨는가?"

"스스로 제도하는 길을 찾았을 것입니다."

대안대사가 다시 물었다.

"기왕지사 엎질러진 물, 대왕마마의 부마가 되어 한 세상 실컷 놀아보지 그러셨는가?"

"꿈인줄 알면서도 꿈속을 헤멜 수야 없는 일이지요."

"허허, 이 사람 참으로 대안, 대안일세 그려—. 음? 허허허……"

원효대사가 대안대사에게 고개를 숙이며 고마워했다.

"소인이 미혹에 눈을 가려 헤메이고 있었을 적에 대사님께서 자빠진 대나무로 한 방망이 내리쳐서 꿈을 깨게 해주셨으니, 그 은혜 참으로 고맙습니다."

"허허허허…… 천하의 원효대사, 아니 천하의 복성거사가 이 늙은 거렁뱅이를 다 알아주다니, 나는 이제 죽어도 여한이 없게 되었네 그려—. 응? 허허허……"

대안대사는 요령을 흔들면서 다시 대안타령을 하는 것이었다.

"대안, 대안, 대안, 대안이로다! 대안, 대안, 대안, 대안이로다!"

원효대사가 대안대사를 불렀다.

"허지만, 대사님!"

"으음? 또 무슨 말씀이시던고?"
"대사께서는 이제 차별을 버리십시오."
"차별을 버리라?"
"옳다, 그르다, 길다, 짧다, 깨끗하다, 더럽다, 많다, 적다를 분별하면 차별이 생기고, 차별하면 집착이 생기게 되는 것입니다."
"허면 대체 어찌 하라시는겐가?"
"옳은 것도 놓아버리고, 그른 것도 놓아버리십시오. 긴 것도 놓아버리고 짧은 것도 놓아버리십시오. 하얀 것도 놓아버리고, 검은 것도 놓아버리십시오. 바다는 천 개의 강, 만 개의 하천을 다 받아들이고도 푸른 빛 그대로요, 짠맛 또한 그대로입니다."
"이것 보시게, 원효대사. 아니, 복성거사! 내 가슴팍이 너무 비좁아서 세상을 다 품안에 안지 못했더니 오늘에야 그대 법문을 듣고 가슴의 둑이 무너졌네. 대안, 대안, 대안, 대안이로다! 대안, 대안, 대안, 대안이로다!"

18
제대로 보아라

   원효대사는 그야말로 걸림이 없이, 누더기가 되어버린 옷 한 벌에 찢어진 벙거지를 쓰고 바가지를 두드리며 나무아미타불을 노래하고 다녔으니, 천촌만락이 다 내 집이요, 나무 밑, 언덕 밑이 다 편안한 잠자리였다.
   그러나, 원효대사가 누더기 차림으로 천촌만락을 돌아다니며 식은 밥을 얻어 먹고 한데서 잠을 잔다는 소문을 들은 요석공주는 이루 말할 수 없이 가슴이 메어지는 것이었다. 그리하여 신하를 시켜 진상을 알아보게 하였는데, 그 신하가 돌아와 자세히 아뢰었다.
   "아니 그래 그 소문이 사실이더란 말이시오?"
   "그렇사옵니다, 공주마마."
   "대체 대사님께서는 하루하루를 어떻게 지내시는지 소상히 좀 일러 보시오."

요석공주가 다급하게 물었다.
"예, 공주마마. 원효대사님께서는 어느때는 거렁뱅이패들과 어울려 식은밥을 얻어 자시며 다리 밑에서 주무시고……"
"…… 세상에, 대사님께서 거렁뱅이패들과…… 다리 밑에서……?"
"그렇사옵니다, 공주마마. 대사님께서는 또 어느날에는 광대패들과 함께 어울려 덩실덩실 춤까지 추시고 움막에서 주무셨사옵니다."
"…… 광대패들과…… 움막에서……?"
"그뿐만이 아니었습니다."
"그러면 또 어찌 지내셨단 말이시오?"
"예, 아뢰옵기 황송하오나……"
"감출 것 없소. 어서 소상히 본대로 들은대로 다 말하시오."
요석공주가 다그치자 신하가 말했다.
"예. 원효대사님께서는 땅군들과 어울려 뱀 잡는 일을 도와주셨는가 하면……"
"무엇…… 이라구요? 대사님께서 땅군들과 뱀을……?"
"그렇사옵니다, 공주마마. 대사님께서는 땅군 마을에서 사나흘을 함께 지내시기도 하셨사옵니다."
요석공주는 양미간을 찌푸리며 말했다.

"대체 어쩐 까닭으로 그리 지내시는지, 그 까닭을 알아 보았소?"
"그 까닭은 아무도 알 수가 없다 하옵니다."
"…… 원, 세상에…… 이럴 수가……. 이것 보시오."
"예, 공주마마."
"내 한 가지 부탁이 있으니 반드시 거행토록 하시오."
"예, 공주마마. 분부 내리십시오."
"분황사에 가면 대사님을 모시고 다니던 동자승이 계실 것이니, 그 동자승을 이 요석궁으로 모시고 오도록 하시오."
"예, 공주마마. 분부대로 거행하겠습니다."
"지체할 일이 아니니 오늘 밤 안으로 반드시 모셔와야 할 것이오."
"예, 공주마마. 분부 받들어 오늘 밤 안으로 동자승을 모셔오겠습니다."

요석공주는 이렇게 분부하고 방 안으로 들어가 비단금침에 얼굴을 파묻고 흐느껴 울었다.

"너무 하십니다, 대사님. 너무 하시옵니다……."

요석공주는 이때 이미 요석궁 안에 불단을 정성껏 모셔놓고 있었다. 요석공주는 불단에 촛불을 밝히고 향을 피워 올린 뒤에 삼배를 올리고 나서 단정히 꿇어앉아 합장을 했다.

"부처님 전에 삼가 참회하옵니다. 온 나라 백성이 우러러 흠모하던 원효대사께서는 이 샷된 계집 탓으로 파계하신 후 스스로 승복을 벗고 속복으로 갈아입으셨습니다. 하옵고 원효대사께서는 스스로 수행자의 자격이 없다고 당신을 꾸짖고 복성거사로 자처하시며 찬밥을 빌어 끼니를 때우시고 걸인패와 광대패와 땅군들과 어울려 다리 밑에서 주무시고 움막에서 눈을 붙이시며 천촌만락을 유랑걸식하고 계시옵니다.

하오니 부디 자비하신 부처님께옵서는 이 샷된 계집을 크게 벌하시옵고 원효대사님을 용서하시와 만 백성이 우러르는 스님으로 다시 돌려보내 주옵소서.

대사님을 파계시킨 엄한 죄, 이 샷된 계집이 천 번 만 번 달게 받겠사옵니다. 벌을 내려 주옵소서. 벌을 내려 주옵소서. 벌을 내려 주옵소서……"

그리고 그날밤, 분황사로 달려간 군졸들이 원효대사의 시자였던 나이어린 사미승 심상이를 데려오자, 요석공주는 간절한 마음으로 애원하는 것이었다.

"이렇게 불시에 오시게 해서 참으로 죄송하옵니다, 동자스님."

"아, 아니옵니다, 공주마마. 소승은 괜찮사옵니다."

"소녀 오늘, 대사님께서 남루한 옷차림에 찬밥을 얻어 자시며 다리 밑에서 주무시고, 움막에서 주무신다는 말을 들었기로 천 갈래 만 갈래로 이 가슴이 찢어지는 것만 같아 동자스님을 모셔오게 하

였습니다."

 요석공주가 눈물을 흘리며 이렇게 말하자, 심상이 역시 마음이 아팠다.

 "소승도 일전에 대사님을 뵈었사옵니다만 가슴이 아프기는 마찬가지였으니 공주마마의 심정이야 오죽하시겠습니까?"

 "그렇게 자상하게 헤아려 주시니 참으로 고맙습니다."

 "아, 아닙니다요. 하, 하온데……"

 "부탁이 있사옵니다, 동자스님."

 "……말씀하십시오. 소승이 힘 닿는대로 도와드릴 것이옵니요."

 "사흘 만에 한 번이든, 닷새 만에 한 번이든 대사님의 근황을 동자스님께서 소상히 살펴 저에게 알려 주십시오. 어디서 어떻게 주무셨는지, 무엇을 드셨는지, 의복은 어떠신지, 무슨 말씀을 누구에게 하셨는지 그런 것들을 소상히 좀 알려 주십시오."

 요석공주가 간절히 부탁하자, 심상이가 더듬거리며 말했다.

 "그, 그거야 어려운 일은 아니옵니다마는 소승이 대사님을 찾아뵈오면, 불호령을 내리실 것이라…… 그것이 걱정이옵니다요."

 "대사님께서 불호령을 내리실 것이라니요?"

 "대사님께서는 '하라는 공부는 아니하고, 닦으라는 도는 닦지 아니하고 무슨 일로 또 나를 찾아왔느냐.' 하고 호통을 치실 것입니다요."
 심상이의 말에 요석공주는 곰곰 생각하더니, 이렇게 말하는 것이었다.
 "하오면, 동자스님께서 대사님을 모시고 다니면서 공부도 하고, 도도 닦겠다 하시면 아니 될런지요?"
 요석공주의 말에 심상이는 입장이 난처하였다.
 "그, 글쎄올습니다요. 그렇게만 허락해주신다면 정말 좋으련만……. 좌우지간 소승이 한 번 그렇게 떼를 써보겠습니다요."
 심상이가 대답하자, 요석공주는 조그만 헝겊에 싼 것을 심상이에게 전하는 것이었다.
 "참으로 고맙습니다. 그리고 이건 몇 닢 안되는 금전입니다마는 대사님을 위해서 요긴하게 써 주십시오."
 심상이는 금전을 받지 않으려고 극구 사양하였다.
 "아이구, 아니옵니다요. 소승이 공주마마님께 이런 금전을 받아온줄 아시면 대사님께서 소승을 주장자로 후려치실 것이옵니다요."
 심상이가 끝내 금전을 받지 않으려 하자, 요석공주는 간곡하게 부탁하는 것이었다.
 "대사님의 짚신도 사 드리시고, 대사님께 공양도 사 올리시고…… 요긴하게 쓰실 일이 반드시 있으실 것이옵니다."

"아, 알겠습니다……. 하오나 공주마마에게서 받았다는 소리는 아니할 것이오니 그리 아십시오."

요석궁을 물러나온후, 원효대사의 시자였던 나이 어린 사미승은 서라벌 장안을 사흘동안 돌아다닌 끝에 가까스로 원효대사를 만날 수가 있었다.

"스님, 스님, 스니임—."

심상이가 부르며 뛰어오자, 원효대사가 뒤돌아보고는 꾸짖었다.

"으음? 아니, 너 이녀석 또 나를 스님이라고 불렀느냐?"

"잘못되었습니다요, 복성거사님."

"그래, 또 어인 일로 하라는 공부는 아니하고 나를 찾아 왔는고?"

원효대사의 물음에 심상이가 짐짓 난처한 표정을 지었다.

"소승도 올 데 갈 데가 없게 되었사옵니다요."

원효대사가 심상이를 똑바로 쳐다보며 물었다.

"그건 또 무슨 소리던고? 올 데 갈 데가 없이 되었다니?"

"말씀드리기 죄송하옵니다만 파계승의 제자라고 해서 아무도 상대를 해주지 아니할 뿐만 아니오라, 모르는 것이 있어서 여쭈어 보아도 가르쳐주는 스님이 아무도 없사옵니다요."

심상이가 우물쭈물 말하자, 원효대사가 책망하듯이 말했다.

"그래서…… 그래서 아예 걸망을 챙겨 짊어지고 분황사에서 나왔더란 말이냐?"

"게다가 또 소승이 파계를 했구먼요—."

어린 사미승의 입에서 파계라는 소리가 나오자, 원효대사는 깜짝 놀랐다.

"무엇이? 네가 파계를 하다니?"

"간밤에 도둑질을 하다가 들키고 말았습니다요."

심상이는 자신이 도둑질을 했다는 소리를 아무렇지도 않게 말하는 것이었다.

"무엇이라구? 도둑질? 대체 어디서 무슨 도둑질을 했더란 말이던고?"

원효대사가 다그쳐 묻자, 심상이는 고개를 숙이고는 기어들어갈 듯이 작은 목소리로 말했다.

"…… 예. 한밤중에 배가 고프기에 공양간에 들어가서 …… 누룽지를 훔쳐 먹다가 들키고 말았습니다요."

심상이의 말에 원효대사의 얼굴이 비로소 밝아졌다.

"에이끼, 이런 녀석! 나는 또 무슨 큰 도적질을 했는가 해서 가슴이 철렁했느니라."

원효대사의 얼굴이 밝아지자, 심상이가 졸라대기 시작하였다.

"아무튼 소승 도망쳐 나왔으니 거두어 주십시오. 예? 복성거사님."

가만히 심상의 얼굴을 쳐다보던 원효대사는 고개를 끄덕이며 말씀하셨다.

"그래, 아무튼 오늘 밤은 나와 함께 지내도록 하자꾸나."

그날 밤 원효대사는 탁발한 식은 밥 한덩이를 둘이 나누어 먹고 큰 고목나무 아래 기대고 앉았다.

원효대사는 심상이를 조용히 불렀다.

"이것 보아라."

"예."

"내일 날이 밝거든 분황사로 돌아가서 대중들 모인 가운데 참회를 해야 할 것이다."

"대중들이 다 모인 자리에서 잘못을 빌란 말씀이시지요?"

"그래. 아직 철없는 나이에 누룽지를 몰래 먹으려한 죄는 용서를 받을 수 있을 것이니라."

그러나 심상이는 얼른 대답하지 않고 뜸을 들이다가 말했다.

"…… 하오나 소승은 분황사로 돌아가기 싫사옵니다요."

"그러면 공부는 어떻게 하고 도는 대체 어찌 닦으려구?"

"그야 뭐 스님…… 아니 복성거사님을 따라 다니면서 배우고 닦지요, 뭐……."

심상이의 말에 원효대사는 고개까지 저으며 말씀하시는 것이었다.

"아니될 소리!"
"…… 왜요? 스님, 아니 거사님?"
"이 녀석아, 이제 기어다니는 어린 아이가 벌써부터 파계승 흉내를 내고 뛰어다니려 들면 그게 말이 되겠느냐?"
"허지만 소승도 파계를 하고 도망쳐 나왔는데요, 뭐……."
"허허, 이 녀석! 그렇게 함부로 파계, 파계 하는 게 아니다! 누룽지를 몰래 먹으려 한것은 분명히 나쁜 짓이지만 그런 걸 파계라고 하는 게 아니야."
원효대사가 심상이를 돌려 보내려고만 하자, 심상이가 꾀를 내었다.
"공부도 하고 싶고, 도도 닦고 싶사옵니다만, 아무도 가르쳐 주는 스님이 없으니 무슨 수로 공부를 배우고 도를 닦겠습니까?"
"너는 인석아, 너 스스로 이미 경을 볼 줄 알거늘 혼자 공부해도 부족함이 없을 것이야."
"하오나 경을 보려고 해도 자꾸자꾸 번뇌 망상만 일어나고 쓸데없는 생각만 오락가락하니 대체 이 일을 어찌해야 하옵니까?"
어린 사미승, 심상이가 번뇌 망상만 일어난다고 하자 원효대사가 물었다.
"대체 어떤 번뇌 망상이 일어나더란 말이냐?"
"배가 고파서 그런지 인절미 생각도 나구요, 구수한 누룽지 생각

도 나구요, 돌아가신 어머니 생각도 나구요……."

원효대사는 심상이를 쳐다보며 온화한 목소리로 말했다.

"그런 쓸데 없는 생각이 오락가락 할 적에는 늘 부처님 말씀을 떠올려야 한다."

"무슨 말씀을 떠올려야 한다는 말씀이신지요?"

"공부할 적에나 도를 닦을 적에 쓸데 없는 생각이 오락가락 하거든 그땐 이 육신을 잘 관하라고 부처님이 이르셨다."

심상이가 물었다.

"육신을…… 잘 관하라 하오시면?"

"부처님께서는 이 간사스러운 육신을 제대로 관하라 이르신 것이니, 우선 몸의 이 가죽 속에 덮여있는 것을 제대로 보라고 이르셨느니라."

"…… 가죽 속에 덮여있는 것이라면 무엇을 말씀하시는 것입니까?"

"이 육신은 온갖 더러운 것으로 가득 채워져 있으니, 겉으로는 긴 털, 잔 털, 가죽이 덮여있고, 그 안에는 이, 살, 뼈, 힘줄, 골수, 피, 기름이 들어있고, 또 그 안에는 가지가지 창자가 들어있고, 또 그 안에는 가지가지 더러운 물이 들어있어, 침이며 눈물이며 콧물이며 가래며 땀이며 대소변이 가득 들어있으니, 바로 이 사람의 몸이야말로 더러운 것이겠느냐, 깨끗한 것이겠느냐?"

"…… 더…… 더러운 것이겠습니다요."

"그러면 이 더러운 육신을 위해서 산 목숨을 죽이고, 남의 물건을 훔치고, 거짓말을 한다면 과연 이 육신이 그럴만한 가치가 있다고 하겠느냐?"

심상이는 우물거리며 대답을 하지 못했다.

"……그, 그건 잘 모르겠사옵니다요."

"이 육신은 더러울 뿐만 아니라, 허망한 것이다. 아무리 잘 먹이고, 아무리 잘 입히고, 아무리 호사를 시켜주어도 늙고 병들면 육십 년을 넘기기가 어려우니 이 콧구멍에 숨이 끊기면 그때부턴 곧바로 썩어 없어져서 한 줌의 흙으로 돌아가고 마느니라."

"이 몸이 흙이 된다구요?"

"이 사람의 육신은 지, 수, 화, 풍, 이렇게 네 가지로 인연따라 모여서 잠시 이루어진 것이니, 인연이 다해 흩어지면 다시 지수화풍으로 흩어져 돌아간다."

"하오면 이 몸이 흙이 되고 물이 되고 불이 되고 바람이 된다는 말씀이십니까?"

"그래서 부처님은 이렇게 이르셨다. 한 줌의 흙을 보거든 훗날의 내 육신인 줄 알아라. 한 방울의 물을 보거든 훗날의 내 육신인 줄 알아라. 더운 기운을 만나거든 훗날의 내 육신인 줄 알아라. 바람을 만나거든, 훗날의 내 육신인 줄 알아라. 그런데 이 더럽고 허망

한 육신을 위해 감히 어찌 살생을 하고, 도둑질을 하고, 거짓을 말할 것이냐!"

심상이는 울먹이며 원효대사의 말씀을 들었다.

"스님, 이 몹쓸 놈을 벌하여 주십시오! 제가 스님을 속였습니다요."

느닷없이 심상이가 울먹이면서 말하자, 원효대사는 깜짝 놀라서 물었다.

"무슨 소리더냐? 네가 나를 속이다니……?"

"사실은 공주마마께서 소승에게 간곡히 간청을 하셨습니다요."

"무엇이라구?"

"공주마마께서 소승을 요석궁으로 불러 소승더러 대사님을 모시면서 대사님의 근황을 자세히 전해 달라 하셨습니다요. 그래서 제가 그만 스님을 속이고 거짓말을 했습니다요. 엄한 벌을 내려 주십시오, 잘못했습니다요."

급기야는 엉엉 소리내어 우는 심상이를 바라보던 원효대사는 아무 말씀도 아니하시고, 그저 캄캄한 밤하늘만 쳐다 보시는 것이었다. 시간이 얼마나 지났을까. 드디어 원효대사는 조용히 심상이를 달래는 것이었다.

"…… 그래, 사실대로 털어놓았으니, 그만 되었느니라."

원효대사는 불호령을 내리는 대신 나이 어린 제자의 머리를 쓰다듬어 주었다.
"엄한 벌을 내려 주십시오. 소승이 죽을 죄를 지었습니다요."
"그래, 그래. 그만 되었느니라."
겨우 울음을 그친 심상이가 원효대사를 겸연쩍게 쳐다보더니, 조심스럽게 입을 열었다.
"소승, 숨긴 게 또 한 가지 있사옵니다요."
눈물과 콧물로 얼룩진 심상이의 얼굴을 쳐다보며, 원효대사가 물었다.
"그래, 또 무엇을 숨겼더란 말인고?"
"예. 여기 이 금전 다섯 닢, 이것도 공주마마께서 주셨습니다요."
그러나 원효대사는 심상이를 야단치지 않았다.
"심부름 값으로 준 것일 터이니 네가 쓰도록 하여라."
"아, 아니옵니다요. 이 금전으로 스님 짚신도 사 드리고, 스님께 공양도 사 올리고, 스님의 의복도 사 올리라고 하셨습니다요."
"…… 그래? 그렇다면 잘 간수해 두어라. 요긴하게 쓸 때가 있을 것이니라."
"하, 하오시면 소승의 죄를 용서해 주시는 것이옵니까?"
심상이의 물음에는 대답하지 않으시고 원효대사가 심상이에게 조용히 일렀다.
"분황사로 돌아가기 싫다고 했으니 어디 마땅한 절을 찾을 때까

지는 나와 함께 지내도록 하자."
 "…… 고, 고맙습니다요, 스님. 고맙습니다요, 스님."
 심상이가 몇 번씩이나 고개를 숙여 절하며 좋아하자, 원효대사가 다시 호통을 쳤다.
 "너, 이 녀석, 또 나를 스님이라고 불렀느냐?"
 "자, 잘못되었습니다, 거사님. 용서하여 주십시오."

19
걸인패들과 함께

심상이와 함께 밤을 지낸 원효대사는 다음날 날이 밝자 나이 어린 제자, 심상이를 앞세우고 저잣거리로 내려갔다.
"이것 보아라, 심상아!"
"예."
"받아온 금전이 몇 닢이라고 그랬느냐?"
"예. 다섯 닢이옵니다."
"그럼, 어디 우선 한 닢만 꺼내도록 하여라."
"예."
심상이는 걸망에서 금전을 꺼냈다.
"그리고 저기 저 싸전으로 가자."
"싸전으로요?"
원효대사는 싸전에 들러 금전 한 닢을 주고 양식을 소달구지에

가득 실었다.

심상이는 눈이 휘둥그레져서 원효대사를 쳐다 보았다.

"이 많은 양식을 어디로 가지고 가시게요?"

"어서 달구지를 끌어라. 성문 밖으로 가야 할 것이니라."

그러자, 심상이도 알겠다는 듯이 고개를 끄덕이는 것이었다.

"아, 예. 어서 가십시다요. 저 성문 밖으로 가자고 그러십니다요."

소달구지를 끌고 갈 농부가 크게 대답하였다.

"염려마시우⋯⋯. 성문 밖이라면 눈 감고도 훤히 아는 길이니까⋯⋯. 자, 가자. 이랴."

원효대사는 이날 이 싸전, 저 싸전에서 금전 다섯 닢으로 양식을 모두 사서 동서남북, 서라벌 변두리를 돌아다니며 가난한 백성들 집에 양식을 골고루 나누어 주고 다녔다.

생각지도 않던 양식 배급에 백성들의 집에서는 오랜만에 웃음소리가 이어졌다.

"아이구 이거 우리 집에 웬 소바리가 다 들어오구 이런답니까요?"

양식을 받아든 노파가 말하자, 농부가 대답하였다.

"간밤에 용꿈을 꾸셨지 뭐겠습니까요?"

"아이구, 그건 또 무슨 소리유? 용꿈이라니?"

"자, 이 댁에도 양식이나 한 가마 받아 놓으십시오. 자, 여기요."

"아이구, 세상에…… 웬 양식이우? 이거, 응?"

노파의 물음에 농부가 대답했다.

"낸들 압니까요? 이 어르신이 값을 치루고 집집마다 한 가마씩 내려 놓으라시니, 나야 그대로 하는 겁지요."

"아이구, 세상에! 이 어르신이 어느 나라님이신데 이렇게 양식을 다 주십니까요? 예? 아이구, 아니 그러구보니 이 양반, 나무아미타불 부르고 다니는 그 양반 아니시우? 응?"

노파는 대번에 원효대사를 알아보았다.

"그렇습니다. 그동안 노보살님께서 나무아미타불 노래를 지극정성으로 부르셨으니, 부처님께서 이 양식을 보내주신 것이지요."

"예에? 부처님께서 우리같은 논무지렁이한테 양식을 다 보내 주시다니요?"

"아무 염려 마시고 잡숫도록 하십시오. 앞으로도 나무아미타불 열심히 부르시구요."

금전 다섯 닢을 다 풀어 곡식을 다 나누어주고 나니, 어느덧 해는 서산마루에 걸렸다.

처음부터 아무 말없이 그저 원효대사의 뒤를 따라다니던 심상이가 퉁명스럽게 말했다.

"어쩌자고 그 아까운 금전을 다 쓰셨습니까요?"

"그러면 그 금전을 삶아 먹을 생각이었더란 말이냐?"

"대사님 짚신을 사 드리라는 금전이었는데요……."

"짚신은 이 녀석아, 내 손으로 삼아서 신으면 될 것이야."

"대사님 공양을 사 드리라는 금전이었는데요……."

"밥은 이 녀석아, 가다가 얻어 먹으면 될 것이구……."

"대사님 의복을 사 드리라는 금전이었는데요……."

"옷은 이 녀석아, 한 벌 입었으면 그만이지 껴입으란 말이더냐?"

"그래두 그렇지요. 공주마마께서 소승에게 금전을 맡길 적에는 어떻게 하든지 그저 대사님을 위해서 요긴하게 쓰라고 그러셨단 말씀입니다요."

"허허, 그녀석 참 별 걱정을 다 하는구나."

"그러면, 걱정이 안되겠습니까요? 요 다음에 공주마마를 만나면 뭐라고 말씀드리느냐구요? 글쎄……."

아무리 생각해도 속이 상한지, 심상이는 씩씩거리기까지 하는 것이었다. 그러자 원효대사가 웃으며 말했다.

"너 인석! 거짓말 하는 솜씨가 일품이던데, 공주한테 가서도 거짓말을 하면 될 일이 아니겠느냐?…… 밥 사주고, 떡 사주고, 술 사주고, 옷 사주느라고 다 썼다고 말이다.…… 응? 허허허허……."

심상이가 머쓱해서 말했다.

"아이구, 그게 아닙니다요……."

"요긴하게 잘 썼으니 걱정할 것 없느니라. 자, 그만 어서 내려가자.…… 굴뚝에 연기 그쳤으니 서둘러 가야 밥 한 술이라도 얻을 것이니라."

원효대사는 누더기 차림에 바가지 장단을 맞추어 나무아미타불을 노래부르면서 천촌만락을 돌아다녔으니 그 뒤에는 언제나 수많은 걸인, 광대패들이 따라다녔다.
그러던 어느해 여름이었다. 하루는 원효대사께서 대나무를 잘라 끝이 뾰족한 대꼬챙이를 깎으시는 것이었다. 구경하던 심상이가 궁금해서 물었다.
"아니 대꼬챙이를 만드셔서 대체 어디다 쓰시려고 이러십니까요?"
"요긴하게 쓸 곳이 있으니 너도 이렇게 깎도록 하여라."
"아이구, 이거 한두 개도 아니고 수십여 개나 만들어 놓으셨는데 정말 이 많은 대꼬챙이를 다 어디다 쓰실 작정이십니까?"
심상이가 궁금해서 자꾸 묻자, 원효대사가 빙그레 웃으셨다.
"어디 네가 한번 생각해 보아라. 과연 이 대꼬챙이를 어디다 요긴하게 써야 하겠느냐?"
"…… 글쎄요……. 설마하니 복성거사님께서 사냥에 쓰실 리는 없으시구…… 아, 이제야 알겠습니다요……."
"그래? 허면 이 대꼬챙이들을 어디다 쓰면 좋겠느냐?"

"저기 저 개천에 내려가서 물고기 잡는 데 쓰실려구 그러시지요?"

심상이는 자신있게 대답하고는 원효대사의 얼굴을 쳐다보았다.

"이런 녀석! 너는 이 녀석아, 명색이 삭발출가까지 한 녀석이 어찌 그리 살생할 생각만 하더란 말이냐?"

"…… 하오시면 대체 이 대꼬챙이들을 어디다 쓰신단 말씀이신지요?"

"알고 싶거든 잔말 말고 날 따라 오너라. 이 대꼬챙이들을 걸인들에게 모두 나누어 줄 것이니라."

"예에? 거, 걸인들에게요……?"

원효대사는 수십여 개의 대꼬챙이를 걸망에 담아서 지고 서라벌 장안으로 들어가셨다.

원효대사가 바가지 장단에 맞추어 나무아미타불 노래를 한바탕 부르고 나니 어느새 또 스님의 뒤에는 많은 걸인들이 모여 들었다.

이때 원효대사는 노래 부르시기를 멈추시고 걸인들에게 말하는 것이었다.

"자, 여기 모인 여러 대중들은 들으시오. 여기 모인 대중들 가운데는 조실부모하여 걸인이 된 사람, 홍수로 집을 잃고 전답을 날려 걸인이 된 사람, 싸움터에 나갔다가 아버지가 돌아가시고, 어머니는 돌림병으로 세상을 떠나 걸인이 된 사람, 억울한 누명을 쓰고 죄인이 되어 가산을 몰수당해 걸인이 된 사람, 실로 가지가지 까닭으로 걸인이 되었을 것이오. 피치못할 까닭으로 걸인이 되었거나, 천성이 게을러서 걸인이 되었거나, 알고보면 여러 대중들은 전생에 복을 짓지 못해서 걸인이 되었다는 것을 명심해야 할 것이오."

전생에 복을 짓지 못해서 걸인이 되었다는 원효대사의 말에 모인 사람들이 웅성거리기 시작하였다. 원효대사는 바가지를 두드리며 큰 목소리로 말하였다.

"아, 아, 조용히들 하시오. 일찍이 부처님께서는 이렇게 말씀하셨소. '네 전생을 알고자 하거든 금생에 받고있는 과보를 보면 알 것이요, 네 내생이 어떠할지 알고자 하거든 금생에 네가 하는 짓을 보면 알 수 있을 것이니라.'"

사람들이 다시 서로 얼굴을 쳐다보며 웅성거리기 시작하였다.

"자, 자, 그러니 여러 대중들! 여러 대중들은 과연 어느 길을 원하시오? 이생에도 동냥질을 하고 내생에도 동냥질을 하고, 그 다음 생에도 또 동냥질을 할 것인가, 아니면 고대광실 높은 집에 부귀영화를 누리고, 하다못해 초가삼간이라도 내 집을 짓고, 양친부모 봉양하며 근심 걱정없이 농사라도 지을 것인가!"

그러자, 열심히 듣고있던 노파가 얼른 대답하였다.

"아이구, 대사님. 금생에는 비록 이렇게 비럭질을 해서 먹고 살지마는, 내생에야 고대광실 높은 집에 부귀영화는 누리지 못하더라도 하다못해 초가삼간 내집을 지니고 양친부모 봉양하며 자식 키우고 잘 살아야지요."

"그러면, 여기 모인 여러 대중들은 다들 생각이 그러 하시오?"

그러자 모두들 한 입으로 대답하였다.

"암요. 그렇고 말고요……"

"자, 자…… 그러면 여러 대중들은 오늘부터 반드시 복을 지어야 할 것이니 육신이 멀쩡하면서도 빈둥빈둥 놀고 지내며 나무그늘에 누워 낮잠이나 자서는 아니될 것이오."

"아이구, 대사님. 그러시면 이 비럭질하는 신세에 무슨 복을 어떻게 지으라는 말씀이신지요?"

노파가 물었다. 옆에 있던 사람들도 모두 원효대사를 쳐다보며, 원효대사의 대답을 기다리고 있었다.

"내 오늘 이 자리에서 이 대꼬챙이 하나씩을 나누어 줄 것이니, 이 대꼬챙이로 저 들판에 나가서 김을 매주도록 하시오."

사람들이 다시 웅성거리기 시작하였다.

"아이구 대사님. 우리 농토는 단 한 뼘도 없는데 어찌 남의 밭에 들어가서 김을 매라고 하십니까요?"

"여러 대중들은 잘들 들으시오. 그동안 우리들이 얻어먹은 식은

밥 한덩이, 김치쪽 한 개, 그것이 모두 다 저 들판에서 나왔소. 비록 내 땅은 아니더라도, 저 들판에 곡식과 채소가 풍년이 들어야 백성이 살고, 저 들판에 흉년이 들면 백성들이 죽는 법……. 어찌 빈둥빈둥 놀면서 풍년이 들기를 바랄 것이며, 어찌 낮잠을 자면서 풀뽑기를 마다할 것이요!"

말씀을 끝내고나서 원효대사는 다시 바가지 장단에 맞추어 나무아미타불 노래를 부르는 것이었다. 그러자 모여있던 사람들도 원효대사와 함께 나무아미타불 노래를 부르며, 원효대사가 나누어 준 대꼬챙이를 들고 이밭 저밭으로 김을 매러 나섰다.

"가세, 가세, 일하러 가세.
가세, 가세, 김매러 가세.
나무아미타불……"

원효대사의 설법을 들은 걸인들은 너도나도 팔을 걷어 붙이고 나무아미타불을 노래하며 김을 맨다, 부서진 다리를 고친다, 무너진 둑을 쌓는다, 그야말로 신나게 땀을 흘려가며 일하기 시작하였다.

원효스님이 바가지 장단에 맞추어 다시 나무아미타불 노래를 시작하자, 걸인들이 일을 하며 나무아미타불을 합창했다.

"전생에 복 못지어
나무아미타불…….
금생에 걸인신세
나무아미타불…….
부지런히 일을 해서
나무아미타불…….
내생에는 복을 받세.
나무아미타불…….
가세 가세 일하러 가세.
나무아미타불…….
부지런히 일하러 가세.
나무아미타불…….
이 내 신세 걸인이라
나무아미타불…….
찬밥 한 술 얻자하니
나무아미타불…….
대궐담은 너무 높고
나무아미타불…….
귀족대문 철벽이라.

나무아미타불…….
찬밥 한 술 어림없네.
나무아미타불…….
가난하고 못살아도
나무아미타불…….
백성인심 제일이라.
나무아미타불…….
밥도 주고 국도 주고
나무아미타불…….
눈물 콧물 흘리면서
나무아미타불…….
든든하게 먹었으니
나무아미타불…….
이 은혜를 어이할꼬.
나무아미타불…….
이 은혜를 어이할꼬.
나무아미타불…….
일을 하세 일을 하세.
나무아미타불…….
일을 하세 일을 하세.

나무아미타불…….
은혜갚고 복도 짓고
나무아미타불…….
일을 하세 일을 하세.
나무아미타불…….″

이렇게 걸인들이 한데 어우러져서 나무아미타불을 노래하면서 들판으로 나가고, 개천으로 가는 것이었으니 이를 본 입달린 사람들은 칭찬하지 아니 하는 이가 없었다.

20
한 점 혈육

원효대사가 이렇게 밑바닥 백성들을 교화하고 있던 그 다음해 가을이었다. 그날밤 원효대사는 지친 몸을 나무등걸에 기댄채 눈을 붙이고 있었다. 그때 심상이가 원효대사를 부르며 오는 것이 아닌가!
"복성거사님, 복성거사님."
"으음? 아니 심상이 너는 문수암에 있으라 했더니 왜 또 내려왔느냐?"
"용서하십시오, 거사님."
"용서하라니? 또 무슨 잘못이라도 저질렀더란 말이냐?"
심상이가 한동안 머뭇거리다가 어렵게 말문을 열었다.
"…… 공주마마께서 찾아 오셨기에 할 수 없이 모시고 왔사옵니다요."

"무엇이?…… 공주가?"

잠시후, 심상이의 뒤에서 요석공주의 목소리가 들려왔다.

"용서하십시오, 대사님. 소녀이옵니다."

"아니, 이 어두운 밤에 어인 행보란 말이시오?"

"문안 인사 올리오니 받아주십시오."

"아, 아니오. 나는 감히 어느 누구에게도 인사받을 자격이 없는 사람이오."

"…… 하오나, 아드님의 인사는 마땅히 받으셔야지요."

요석공주의 아드님의 인사를 받으라는 말에 원효대사가 깜짝놀라 자세를 바로 하였다.

"무…… 무엇이?"

조금후, 과연 갓난아이가 우는 소리가 들려왔다. 원효대사는 잠시동안 아무 말도 못하고 숨만 깊이 들이 마시고는 갓난아이쪽은 쳐다보지도 않고 혼잣말처럼 말하는 것이었다.

"그, 그러면……."

요석공주가 말했다.

"일곱 이레가 지났기로 인사 올리러 데려왔사옵니다."

잠시 아무런 말이 없이 앉아있던 원효대사가 조용히 말했다.

"참으로 마음 고생이 많으셨을 것입니다."

"아니옵니다. 오히려 하루하루가 기쁘기 한량 없었사옵니다."

"이것 보시오, 공주."

요석공주가 원효대사의 말을 막았다.

"다른 말씀은, 아무 말씀 없으셔도 괜찮사옵니다. 하오나 한 가지 부탁이 있사옵니다."

"어서 말씀…… 하시지요."

"아기의 이름이 아직 없사옵니다."

"…… 어머니가 지어주어도 괜찮을 것이오."

"아니옵니다. 그렇지 아니해도 아버지없이 자랄 것을 생각하니, 가슴이 아프고 미안하기 그지없는 일이니, 부디 이름만이라도 대사님께서 친히 지어 주십시오."

원효대사는 잠시 생각하시더니 나직히 물었다.

"사내 아이라고 그러셨지요?"

"그렇사옵니다."

"혈육을 나눈것만 해도 질긴 인연이거늘 이름까지 내가 지어준다면 장차 이 일을 어찌하라는 말씀이시오?"

"대사님께서는 이미 분별을 넘어서신 분, 다만 이 어리석은 아녀자가 위안을 삼고자 함이니, 부디 은혜를 베풀어 주십시오."

요석공주가 너무도 간절히 원하는지라, 원효대사가 잠시 생각한 후 말했다.

"알았소이다. 허면 이 아이의 이름을…… 설총이라고 하시오."

"⋯⋯ 설⋯⋯ 총이라시면⋯⋯?"
"설자는 다북쑥 설이요, 총자는 귀밝을 총이니, 설총(薛聰)이라 할 것이오."
"⋯⋯ 은혜 베풀어 주시니 참으로⋯⋯ 고맙습니다, 대사님."
요석공주는 기어이 울음을 터뜨리고 말았다.
"⋯⋯ 이것 보아라, 심상아."
"⋯⋯ 예, 부르셨사옵니까?"
"길이 어둡다. 공주님을 요석궁까지 잘 모셔다 드리도록 하여라."
"⋯⋯ 예."
요석공주가 급히 원효대사를 불렀다.
"대사님⋯⋯."
"공주께서는 너무 섭섭히 여기지 마시오. 내 이미 이 아이의 얼굴을 마음의 눈으로 보았고, 마음의 팔로 안아주었소."
"⋯⋯ 고맙습니다, 대사님."
"자, 그럼 잘 살펴 가시오."
"부디 편안히⋯⋯ 편안히 잘⋯⋯ 계십시오, 대사님."

원효대사는 요석공주가 아들을 낳았음을 알게되자, 서라벌을 떠날 때가 되었음을 아시고 걸망을 챙기셨다. 그리고는 마지막으로 남산에 있는 문수암을 찾았다. 심상이가 급히 달려나왔다.
"어쩐 일로 소승을 다 찾으십니까요?"
"너를 여기다 버려두고 가면 아무래도 큰그릇이 되기가 어려울 것이다."
"하오시면 소승을 어디로 데리고 가시게요?"
"깊고 깊은 산속에 들어가서 공부를 해야 할 것이니, 어서 걸망을 챙기도록 하여라."
원효대사의 말에 심상이가 기뻐서 허둥대며 말했다.
"예, 알겠습니다요. 잠시만 지체해 주시면 금방 걸망을 챙기겠습니다요."
원효대사는 나이 어린 제자 심상이를 데리고 깊은 산속으로 들어가기 위해 서라벌을 떠났다. 묵묵히 뒤따르던 심상이가 원효대사를 불렀다.
"…… 저…… 스님."
"너는 또 나를 스님이라고 불렀느냐?"
"거사님이라는 소리가 입에 붙지를 아니 하는 것을 어쩌겠습니까요?"
"다시 또 한번 스님이라고 부르면 그땐 이 주장자로 매우 칠 것이니라."
"……알았습니다요, 하온데 어쩐 일로 소승을 버려두지 아니 하

시고 데리고 가시는 것이옵니까?"

심상이의 물음에 원효대사가 심상이를 쳐다보며 말했다.

"그동안 내 너한테 빚을 졌으니 갚으려고 그러는 것이다."

"빚을 지시다니, 무슨 빚을 지셨다고 그러시옵니까?"

"예전에 내가 너를 시자로 부려먹었으니 빚을 많이 졌지."

"그러시면 그 빚을 대체 어떻게 갚으시려구요?"

"공부를 가르쳐주고 도닦는 길을 가르쳐주면 빚을 갚을 수 있을 것이다만……"

공부를 가르쳐주고 도 닦는 길을 가르쳐 준다는 원효대사의 말씀에 심상이는 기뻐서 얼굴이 환해졌다.

"…… 고맙습니다. 그러면 소승도 마음을 단단히 먹고 열심히 공부하고 도를 닦겠습니다요."

"빚을 조속히 받으려면 부지런히 배우고 닦아야만 할 것이니라."

원효대사가 나이 어린 제자와 이렇게 다짐을 하면서 산길을 올라가고 있는데 느닷없이 한 험상궂은 사내가 앞길을 가로막고 나서는 것이었다.

"꼼짝말고 그 자리에 섰거라!"

나이 어린 심상이가 벌벌 떨며 원효대사의 옆으로 바짝 다가가서는 조그만 목소리로 말했다.

"아이구, 이거 큰일 났습니다요, 스님. 저, 저, 사람 손에 칼을 들고 있지를 않습니까요?"
 원효대사가 나지막하게 말했다.
 "놀랄 것 없다!"
 다시 도적이 소리쳤다.
 "꼼짝하면 이 칼로 단박에 요절을 내고 말 것이다!"
 원효대사가 느긋하게 물었다.
 "대체 댁은 뉘시기에 길가는 나그네들을 꼼짝말라 하는게요?"
 "허허허허, 보면 모르겠느냐? 나로 말할 것 같으면 이 근처에서 주름잡고 사는 산도적 두목이니라. 응? 허허허허……"
 심상이가 떨리는 목소리로 말하였다.
 "예에? 사, 사, 산도적 두목이라구요?"
 "왜, 산도적 두목이라니까 말만 들어도 오금이 저리느냐? 자, 자, 좋은 말로 할 적에 짊어진 보따리를 이리 내려 놓아라."
 그러자 원효대사가 조용한 목소리로 말했다.
 "이 걸망을 벗어주는 것은 어려운 일이 아니오마는 대체 무엇을 빼앗자고 이러는게요?"
 "식량도 좋구, 금전이면 더더욱 좋구 옷감이 들었어도 좋지. 응? 허허허……"
 "아, 아이구 우리 걸망에는 그런 물건이 하나도 없으니 고이 보내 주십시오."

심상이가 우는 소리를 하자, 산도적의 얼굴이 험상궂어졌다.
"짊어진 보따리 속에 값진 게 없다구?"
"그렇소이다."
"보따리 속에 아무것도 없다면 붙잡아다가 내 졸개짓이라도 시킬 것이니 이대로 빠져나갈 생각일랑 아예 하지두 말아라!"
깊은 산속에서 도적을 만났으니 원효대사와 제자 심상이는 꼼짝없이 산도적 두목에게 붙잡혀 도적 소굴로 끌려가는 신세가 되고 말았다.
걸망속에 값진 것이 없고 경책만 들어 있자 화가 난 도적 두목은 졸개로라도 부려먹어야 겠다는 것이었다. 한밤중이라 산속에는 부엉이 우는 소리만 들려왔다.
"허허허, 나이 먹은 자는 복성거사라 그랬고, 그리고 나이 어린 너는 동자승이라 그랬겠다?"
심상이가 퉁명스럽게 대답했다.
"그렇구면요."
"그럼 한 가지 물어봐야 겠구먼. 너희 둘은 이 산도적 두목의 졸개 노릇을 하도록 전생에 업을 지었으렷다?"
"나는 그런 업을 지은 일 없어요."
"허허, 너는 좀 가만 있거라! 나이 먹은 사람의 대답을 좀 들어보자꾸나. 어떤가? 너는 산도적 두목의 졸개 노릇을 하도록 전생에 업을 지었는가?"
 그러자, 원효대사는 산도적 두목의 얼굴을 자세히 쳐다보더니, 이렇게 말하는 것이었다.
 "보아하니 그대는 도적질이나 할 그런 위인이 아니오!"
 "무엇이라구?"
 "비단같이 곱던 그대의 마음에 광풍이 불고 있소."
 "광풍이 불고 있다?"
 "맑고 깨끗하던 그대의 마음에 원한의 광풍, 복수의 광풍, 탐욕의 광풍이 불고 있소!"
 원효대사의 말에 산도적의 얼굴이 조금 부드럽게 변했다.
 "그렇소. 나는 역적의 자식으로 몰려 산도적이 되었소. 그걸 당신이 어찌 알았소?"
 "원래부터 흉악한 마음은 누구에게도 없는 법, 고요한 마음의 바다에 원한의 바람이 불고, 복수의 바람이 불고, 탐욕의 바람이 불면, 그 원한을 풀기 위해서 죽이고 빼앗게 되는 것이오. 허나……."
 "허나, 무엇이란 말이냐?"
 "미친 바람에 휩쓸리고 나면 결국은 얻는 게 아무것도 없을 것이오!"
 "얻는 것이 아무것도 없을 것이다?"
 "사람은 누구나 머지 아니해서 죽게되어 있거늘 얼마나 더 오래

살것이라고 고달프게 사시는 게요?"
 산도적이 다시 물었다.
 "허면 어떻게 사는 것이 편히 사는 것이던가?"
 "마음 속의 탐욕을 놓아 버리시오. 마음 속의 미움을 놓아 버리시오. 그리하면 하루하루가 편안해질 것이오!"
 "……그리하면 이 마음이 정녕 편해진단 말이던가?"
 원효대사의 심상치 않은 눈빛과 말씀에 완전히 기가 꺾인 산도적은 슬금슬금 뒷걸음을 치더니 꾸벅 절까지 하고는 그대로 달아나고 말았다.

 원효대사는 제자 심상과 함께 산속에 움막을 짓고, 솔잎과 칡뿌리와 나무 열매로 연명하며 제자 심상에게 경학을 가르쳤다.
 얼마나 세월이 흘렀을까? 원효스님은 봄, 여름, 가을, 겨울이 바뀌는 것도 개의치 아니했고 해가 바뀌는 것도 상관치 아니 했으니, 세속의 세월이 얼마나 흘렀는지 짐작조차 할 수가 없었다.
 그러던 어느날 원효대사가 심상이에게 말했다.
 "이것 보아라. 너는 이제 나한테 더이상 배울 것이 없으니, 이 길로 산을 내려가서 당나라로 건너 가거라. 그동안 너를 시자로 부려먹은 묵은 빚을 이제는 어지간히 갚았느니라. 이제 너를 떠나 보내면서 마지막으로 당부할 것이 있노라. 불도를 닦는체 하면서 자신의 물질적 이익과 명예와 남의 존경을 탐하고 구하는 무리들, 힘있는 자를 추켜세우고 남을 헐뜯는 이들이야말로 사자 몸에서 생겨난 벌레와 같이 부처님의 가르침을 안에서 무너뜨리는 자들이니 마땅히 이를 경계해야 할 것이다. 또한 오랫동안 한적한 곳에 머물며 참선수생을 하면 스스로 어떤 착각에 빠지게 될 것이니, 혹여 너 스스로를 성자로 자처하며 위선자가 되어서는 아니될 것이다. 그리고 너는 혼자만 계율을 잘 지키고 깨끗한 척 하면서 남을 헐뜯고 비웃는 어리석은 자가 되어서도 아니될 것이며 갈대 구멍으로 하늘을 바라보는 우를 범해서도 아니될 것이다."

21
늙은 공양주

　원효대사는 제자를 내려보낸뒤 고선사에 남아 저술을 계속하여서 책을 엮은뒤 걸망을 챙겨 짊어지고 고선사를 내려왔다.
　고선사는 옛날 서라벌 근처 암곡리라는 산속에 있던 절인데, 지금은 덕동댐의 건설로 그 자리가 댐 속에 잠겨 흔적조차 찾을 길이 없다. 그러나 바로 이 고선사 터에 세워져 있던 서당 화상 탑비명에 의해 원효대사에 대한 기록이 밝혀지고 있다.
　그때 원효대사는 당시 이 고선사로 내려와 신분을 숨긴채 공양주 노릇하기를 자청하였다. 그러자 주지스님이 물었다.
　"대체 어디서 온 누구라고 하는고?"
　"예. 소인은 성씨도 이름도 없는 떠돌이 신세이옵니다마는 이제라도 복을 짓고 싶어서 부엌 공양주 노릇을 자청하오니 부디 소인이 부처님 시봉을 들고 스님의 심부름을 하도록 허락하여 주십시오."

"그 나이에 공양주 노릇을 자청한단 말이던고?"

"그렇사옵니다."

"농사일도 거들고 허드렛 일도 감당하겠는가?"

"스님들께서 시키시는 일이라면 어떤 일이든 마다하지 않을 것이옵니다."

"그래? 그럼 한번 있어 보게나."

이렇게 해서 원효대사는 신분을 감추고 공양주 노릇을 하고 있었는데, 이때에도 원효대사는 틈만 나면 남 모르게 글을 지어 책을 엮어가고 있었다.

그런데 하루는 원효스님의 거동을 이상히 여긴 주지스님이 원효대사가 방을 비운 사이에 걸망을 수색해 보았다. 헌데 걸망 속에는 각종 경서들이 가득하고, 더더구나 〈원효찬술〉이라고 적힌 불경 해석서와 논장들이 들어있는 것이 아닌가! 그것을 본 주지스님은 소스라치게 놀라서 젊은 스님들에게 원효스님을 잡아들이라고 명했다.

"이것 보아라, 늙은 공양주를 당장에 잡아다 묶도록 하여라. 필시 그놈은 도적일 것이니라."

원효대사는 꼼짝없이 결박된채 많은 대중 앞에 꿇어 앉혀졌다. 주지스님이 진노하여 물었다.

"네 이놈, 너는 떠돌이 공양주 주제에 원효대사께서 찬술하신 저 귀한 책들을 감히 어디서 도둑질 하였는고?"

"소인, 결코 도둑질한 일은 없사옵고 길을 오다가 저 걸망을 주웠을 뿐이옵니다."

"허허, 이놈이 이거 어디서 사람을 속이려 드는고! 바른대로 대지 아니하면 주장자로 매우 쳐서 관아로 넘길 것이니라!"

그런데 바로 그때였다. 어디선가 나타난 요석공주가 주지스님을 불렀다.

"주지스님, 잠시만 고정하시옵소서. 소녀가 이 사람을 어디서 많이 본 것 같사옵니다."

그리고는 고개숙인 원효대사를 향해 말을 이었다.

"이것 보십시오. 잠시 고개를 들어보시지요. 아니, 대사님! 대사님이 아니시옵니까?"

주지스님이 의아해서 물었다.

"공주마마께서 아시는 자입니까?"

"대사님, 대사님, 원효대사님……"

"…… 원효대사라니?"

주지스님이 놀라서 요석공주를 쳐다보았다.

원효대사가 조용히 말했다.

"사람을 잘못 보신 것 같사옵니다."

"······ 잘못 보다니요, 대사님? 세상에 어찌 이러실 수가 있사옵니까, 대사님. 제가 바로 설총 에미 요석이옵니다. 대사님······. 이 분이, 이분이 바로 원효대사님이시옵니다."

주지스님은 어찌할 바를 모르고 공주와 원효대사를 번갈아 쳐다 보더니, 자리에서 얼른 일어서는 것이었다.

"참으로 ······ 원효대사님이시라면 어서 일어나십시오. 그리고 절부터 받으십시오."

그러나 원효대사는 막무가내였다.

"······ 아니오. 나는 이미 원효도 아니고 대사도 아닌 그저 무명 공양주이니, 주지스님의 절을 받을 수가 없습니다."

그러자 요석공주가 말했다.

"아니되옵니다, 대사님. 세상에 이런 법은 없사옵니다. 대사 님······."

주지스님이 원효대사에게 무릎을 꿇고 말했다.

"어리석은 중생, 대사님을 몰라뵙고 큰 죄를 지었으니 부디 용서 하여 주십시오."

원효대사는 혼잣말처럼 나직히 중얼거렸다.

"인연의 끈이 이리도 질기다니······. 참으로 면목이 없게 되었소이다."

주지스님이 다시 말했다.

"공주마마께서 정성으로 불공을 올리시어 그 공덕으로 대사님을 뵙게 되었나봅니다. 제 허물을 참회드리오니 용서하여 주십시오."

중국에서 펴낸 송고승전과 우리의 옛 문헌 삼국유사의 기록을 보면 원효대사에 관한 전설같은 이야기가 가지가지 전해오고 있다.

그 가운데서도 혜공스님과 오어사에 얽힌 전설, 그리고 땅꾼이었던 사복이와 원효대사에 얽힌 이야기, 그리고 대안대사와 원효대사 사이에 있었던 일들이 세세히 기록되어 있다. 이 옛 문헌에 의해 오늘 우리가 원효대사의 족적을 더듬을 수가 있게 되었으니 새삼 기록의 귀중함과 책의 중요성을 다시 한번 실감하게 된다.

귀중한 옛 기록 가운데서도 원효대사와 땅꾼이었던 사복이와의 관계는 원효대사가 귀족불교, 왕실불교로 치우쳐 있던 당시의 불교에서 뛰쳐나와 얼마나 밑바닥의 백성들과 가까이 하고자 했던가를 보여주는 귀중한 자료라 하겠다.

원효대사가 신분을 숨기고 고선사에서 공양주 노릇을 하고 있던 때의 일이었다.

하루는 땅군 사복이가 원효스님을 찾아왔다.

"안녕하시우, 원효스님."

"아니? 뱀복이 자네, 이거 몇 해 만인가? 내가 여기 있는 줄 어찌 알고 여기까지 찾아 오셨는가. 응?"

"땅군들이 모르는 소문이 어디 있습니까? 어서 나와 함께 우리 집으로 가십시다."

"자네 집에는 왜 가자고 그러시는가?"

"우리 어머니가 돌아가셨으니, 원효스님이 장사를 지내 주셔야 겠소."

"아니? 자네 어머님께서 열반하셨단 말이신가?"

"예. 이미 돌아가셨으니, 지금이라도 설법을 해주셔야 왕생극락 하실 게 아니겠소?"

"…… 알았네. 그리 하도록 하세."

이렇게 해서 원효대사는 사복이를 따라 땅군 마을로 가서 사복이 어머니의 장례를 치루게 되었다.

원효대사는 요령을 흔들고 나서 말했다.

태어나지 말것이니
죽는 게 괴로우니라.
죽지 말것이니
태어나는 것도 괴로우니라."

사복이가 말했다.
"허허, 거참 어쩐 사설이 그리도 길단 말이시오?"
"그러면 그대가 한번 일러 보시게."
"나같이 무식한 땡군이 무엇을 알겠소마는 한마디만 이르겠소이다."
"어서 이르시게."
"죽는 것도 사는 것도 모두가 괴로움이네."
"그래, 그 말이 맞네. 죽는 것도 사는 것도 모두가 괴로움이야."

원효대사는 서라벌 근처 산속에 혈사라는 절을 짓고 낮에는 글을 쓰고 밤에는 참선하며 하루 하루를 보냈다.
그러던 어느날, 요석공주가 원효대사를 찾아왔다.
"대사님, 소녀 문안 인사 올리옵니다."
"그동안 별고는 없으셨소이까?"
"대사님의 은덕으로 우리 모자는 별 탈 없이 잘 지냈사옵니다."
"그 사이 대왕마마도 열반하셨고, 문무대왕도 열반에 드셨고, 많은 분들이 이승을 떠나셨소."
"사는 것이 사는 것이 아니요, 죽는 것이 죽는 것이 아니라고 대사님께서 말씀하시지 않으셨사옵니까?"
"그렇지요. 생야일편 부운기요, 사야일편 부운멸이라. 한 목숨 태어남은 한 조각 뜬구름 생겨남과 같고, 한 목숨 스러짐은 한 조각 뜬구름 사라짐과 같은 것, 생겨남과 사라짐이 다르지 않으니 살고 죽고가 따로 없음이라."

"하온데 대사님, 대사님은 이승을 떠나시면 극락정토에 왕생하실런지요?"

"이승과 저승이 둘이 아니요, 예토와 정토가 둘이 아니니, 극락이 바로 여기거늘 어찌 달리 구할 것입니까?"

"하오시면 설총의 장차 일을 하교하여 주십시오. 불문에 귀의해야 도리에 합당할런지요?"

"아닙니다. 불학은 설총이 아니더라도 이미 닦는 사람이 많지 않소이까?"

"하오시면 어떤 일을 하교하시려는지요?"

"……장차 나라를 위해서는 유학의 교화도 소용될 것이니, 제 뜻에 맞거든 공부하라 이르시오. 허나 결코 한 가지 주장, 한 가지 가르침만 옳다고 우기지는 말라 이르십시오."

원효대사가 이렇게 이르자, 요석공주가 다시 물었다.

"어리석은 중생이라 무슨 말씀이신지 잘 알아듣지 못하겠사옵니다. 좀 더 자상한 가르침을 내려 주십시오."

원효대사가 그윽한 목소리로 법문을 시작하였다.

"…… 목이 마르다가 물을 마신 사람은 물을 이롭다고 우기고,

 홍수로 부모를 잃은 사람은 물이 해롭다고 우깁니다마는, 이롭다는 말도 옳은 것이요, 해롭다는 말도 옳은 것인즉 제 주장만 옳다고 우기는 것은 어리석은 사람이라 할 것이오. 넓고 넓은 바다는 천 개의 강물 만 개의 냇물을 다 받아들이고도 푸른 빛 그대로요, 짠 맛 또한 그대로입니다."
 "자비하신 감로법문, 참으로 고맙습니다, 대사님!"
 요석공주의 목소리는 감격에 떨리고 있었다.

 신라 31대 신문왕 6년, 서기로는 686년 3월 그믐날, 원효대사는 이 땅을 극락으로 삼아 혈사에서 열반에 드시니 스님의 세수는 70세.
 천대받고 버림받던 밑바닥 백성들에게 부처님의 가르침을 고루 전하시고 몸을 바꾸셨던 원효대사의 자비롭고도 지혜로왔던 그 마음은 오늘까지 우리에게 전해지고 있다.